헤르만 헤세의 그림여행
색채의 마법

HERMANN HESSE
MAGIE DER FARBEN

헤르만 헤세의 그림여행
색채의 마법

헤르만 헤세 글·그림

이은주 옮김

차례

색채의 마법

 신의 숨결이 이리로 저리로,
하늘 위에서, 하늘 아래에서,
빛이 수천의 노래를 부르고,
신은 형형색색의 세계가 된다.

흰색이 검은색으로, 따뜻함이 차가움으로
언제나 새로이 끌려감이 느껴지고,
뒤죽박죽 혼란 속에서 끊임없이
무지개가 새로이 선명해진다.

그렇게 우리의 영혼을 지나며
고통과 환희 속에서 수천 배로
신의 빛은 창조하고 행한다.
그리고 우리는 그를 태양으로 찬양한다.

남쪽에서 보내는 겨울 편지

 사랑하는 베를린의 벗들이여!

그렇습니다, 이곳에서의 여름은 달랐습니다. 그 무렵 루가노*의 우아한 호텔들을 가득 메운 동향인들이 호숫가 플라타너스의 작고 동그란 그늘마다 축 처진 채 모여 앉아 오스텐더**를 떠올리며 아쉬워하고 있었던 반면에, 우리 같은 사람들은 배낭에 넣어 온 빵 한 조각만으로도 찬란한 여름을 만끽하고 있었습니다. 그 당시 작열하는 나날들이 얼마나 순식간에 지나가버렸는지, 얼마나 일시적이고 덧없었는지 모릅니다!

아무튼, 이곳은 지금도 여전히 햇살이 따사롭고, 우리는 지금도 여전히 햇살을 찾아온 손님으로 머무르고 있습니다. 저는 이 글을 12월의 막바지에 접어든 어느 날 오전 11시에, 바람이 들지 않는 숲 모퉁이의 마른 나뭇잎 더미 위에서 햇살을 받으며 누운 채 쓰고 있습니다. 서너 시까지 그렇게 계속 지내다 보면, 추워지기 시작합니다. 산

---

*　스위스 남부 티치노주에 있는 도시다.

**　벨기에의 유명한 휴가지인 해변 도시다.

들은 온통 연보랏빛으로 뒤덮이고, 하늘은 아주 높고 맑아지는데 이 곳에선 겨울에만 이런 하늘을 볼 수 있습니다. 지독하게 추워서 벽난 로에 장작을 넣고 하루의 나머지 시간은 꼼짝없이 벽난로 앞에 붙어 있어야만 합니다. 일찌감치 잠자리에 들고 느지막이 일어납니다. 하 지만 이렇게 햇살이 비치는 날의 한낮 시간을 누려야지요. 이 시간은 우리의 것입니다. 이때는 햇살이 우리를 따사롭게 품어주기 때문에, 풀밭이나 낙엽 위에 누워서 겨울 숲이 바스락거리는 소리에 귀를 기 울이고, 가까운 산들에 눈 쌓인 새하얀 길들이 아래로 뻗어 있는 모 습을 바라보기도 하고, 때로는 히스(Heidekraut)*나 시든 밤나무잎 사이 에서 몇몇 생명체를 발견하기도 합니다. 겨울잠을 자는 작은 뱀이나 고슴도치 같은 것들이죠. 여기저기 나무 밑에는 마지막으로 떨어진 밤들이 아직 남아 있어서, 사람들이 주워다가 저녁에 난롯불에 구워 먹기도 합니다.

여름에 오스텐더를 떠올리며 그토록 아쉬워했던 그 밀매업자들이 이 제는 잘 지내는 것 같습니다. 상황이 바뀌어, 이제는 기분이 좋아 보 입니다. 제가 최근에 그런 분위기를 직접 살펴볼 기회가 있었습니다. 어느 큰 호텔에 점심 식사 초대를 받았었거든요.

그래서 저는 그 큰 호텔을 찾아갔습니다. 아주 으리으리하더군요. 제 가 가진 양복 중에서 최고로 좋은 걸 꺼내 입었습니다. 무릎에 난 작 은 구멍을 그 전날 집주인 아주머니가 푸르스름한 털실로 기워준 덕 분에, 꽤 번듯해 보였습니다. 실제로 호텔 직원도 별다른 제지 없이

---

* 황무지에서 흔히 볼 수 있는 관목류다.

저를 들여보내주었습니다. 날개처럼 양쪽으로 소리 없이 열리는 유리문을 통해 사람들이 마치 호화스러운 수족관 안으로 부드럽게 흘러들어가듯 거대한 홀 안으로 줄지어 들어갔습니다. 거기엔 가죽과 벨벳으로 된, 등받이가 깊숙하고 품위 있는 일인용 안락의자들이 놓여 있었고, 그 거대한 공간 전체가 난방이 잘 되어 아주 아늑하고 포근해서, 예전에 실론 섬의 갈레 페이스 호텔에 갔을 때의 분위기가 느껴졌습니다. 여기저기 놓여 있는 안락의자들에는 잘 차려입은 밀매업자들이 부인들과 함께 앉아 있었습니다. 그들은 무엇을 하고 있었을까요? 그들은 유럽의 문화를 견지하고 있었습니다. 실제로 이곳에서는 아직도 그게 존재하고 있었습니다. 파괴되어 많이 그립기도 한, 이 문화가 말입니다. 클럽의 안락의자들, 수입 시가, 굽실거리는 종업원들, 난방이 과하게 된 공간들, 종려나무, 다림질로 반듯하게 세운 바지 주름, 목덜미에서 양 갈래로 나누어지는 긴 머리, 심지어 단안경까지도요. 모든 게 아직도 그대로 있었습니다. 이런 광경을 다시 보게된 것이 믿기지 않아 저는 두 눈을 비비고 다시 바라보았습니다. 밀매업자들이 다정하게 미소를 지으며 저를 살펴보고 있었습니다. 그들은 우리 같은 사람을 대하는 법을 이미 익히 잘 알고 있었습니다. 저를 바라보며 미소짓는 표정에는 정중함과 관대함과 심지어 인정하는 태도와 더불어 은근한 조롱도 아주 미묘하게 섞여 있었습니다. '이런 묘한 시선을 전에 어디서 봤더라?' 곰곰이 생각해 봤습니다. '맞아, 거기였지!' 다시 생각났습니다.

전쟁으로 부당 이득을 취한 자가 전쟁으로 인한 희생자를 바라보던 시선이었는데, 이런 시선을 전쟁 중에 독일에서 종종 보았습니다. 그건 그 당시에 상업 고문관의 부인이 길거리에서 상이군인을 바라보던 그 눈빛이었습니다. 그 눈빛의 반은 '불쌍한 녀석!'이라고 말하고 있었고, 반은 '영웅이네!'라고 말하고 있었습니다. 반은 우월감에 차 있었고, 반은 꺼리는 눈빛이었습니다.

저는 패배자 특유의 양심에 거리낌 없는 당당한 태도로 밀매업자들의 무리를 살펴보았습니다. 옷차림새가 상당히 화려했는데, 특히 부인들이 많이 화려해 보였습니다. 선사시대 격인 1914년 이전의 시대가 떠올랐습니다. 우리 모두가 이 우아하게 포화된 상태를 당연하게 여기고 유일하게 바람직한 상태라고 생각했던 그런 시대 말입니다.

저를 초대한 사람이 아직 나타나지 않았습니다. 그래서 저는 밀매업자 중 한 명에게 다가가 그와 대화를 몇 마디 나누었습니다.

"안녕하세요, 어떻게 지내세요?" 제가 말을 걸었습니다.

"오, 아주 잘 지냅니다. 이따금 조금 따분할 때도 있긴 하지만요. 가끔 무릎에 파란 천을 댄 당신이 부러울 때가 있어요. 당신은 따분함과는 영 거리가 먼 사람처럼 보이거든요."

"맞는 말씀이십니다. 저는 할 일이 너무 많아서 시간이 빨리 지나가거든요. 누구나 각자 자신의 역할이 있는 법이지요."

"무슨 말씀이시죠?"

"그야, 저는 노동자고 당신은 밀매업자잖아요. 저는 생산을 하고 당신은 전화 통화를 하죠. 돈은 후자가 더 많이 벌 겁니다. 하지만 창작이 훨씬 더 재미있습니다. 시를 쓰거나 그림을 그리는 것 자체가 즐겁

게 누리는 건데 그 대가로 돈까지 요구하는 건 천박한 짓이지요. 당신의 직업은 제공받은 물건을 두 배나 더 비싸게 받고 되파는 거잖아요. 그건 확실히 마음 편한 일은 아닐 겁니다."

"아, 이봐요! 당신은 계속 저에게 약간 빈정대는 투로 말씀하시는군요. 아유, 그냥 인정하시죠. 속으로는 우리가 몹시 부러운 거잖아요. 기운 바지나 입는 양반이!"

"물론이죠." 제가 말했습니다. "부러울 때가 많지요. 저는 마침 배가 고픈데 창문 너머 고급 음식점에서는 당신들이 고기 파이를 먹고 있는 모습을 보게 되면 부럽습니다. 제가 고기 파이를 엄청 좋아하거든요. 하지만 당신도 아시다시피, 우리가 누리는 즐거움 중에 먹는 것만큼 그렇게 덧없고, 그렇게 어처구니없이 일시적인 건 없잖아요. 그리고 예쁜 옷, 반지, 브로치, 기우지 않은 바지도 근본적으로는 마찬가지입니다! 멋진 양복을 입는 건 즐거운 일입니다. 하지만 당신이 하루 종일 온통 그 양복에만 정신을 쏟지도 않을 것이고, 그 양복이 하루 종일 당신을 기쁘게 하고 행복하게 해줄지도 의문입니다. 제가 무릎을 기워 입었다는 걸 별로 의식하지 않고 지내는 것과 마찬가지로, 당신도 하루 종일 다림질로 잘 세운 바지 주름과 번쩍이는 단추 생각만 하며 지내지는 않을 겁니다. 그렇지 않나요? 그렇다면 그런 게 다 무슨 의미가 있겠습니까? 물론 난방만큼은 부럽습니다. 그러나 저는 여기 당신네 호텔만큼 따뜻한 장소를 알고 있습니다. 몬타뇰라 근처에 있는 두 암벽 사이의 장소인데, 지금 같은 겨울에도 해가 나는 날이면 바람이 잔잔합니다. 그곳에선 훨씬 더 훌륭한 교제가 이루어지기도 하고, 돈도 한 푼 들지 않습니다. 심지어 아직도 낙엽 밑에서 간간이 알밤을 발견할 때도 있답니다."

"뭐, 그럴 수도 있겠죠. 하지만 그걸로 먹고살려는 겁니까?"

"저는 창작으로 먹고삽니다. 창작은 보잘것없는 것에도 가치를 부여하는 일입니다. 예를 들어 저는 수채화를 그립니다. 저보다 더 예쁜 수채화를 그리는 사람은 없을 겁니다. 얼마 안 되는 돈이면 제가 쓴 시에 제가 직접 그린 수채화로 장식한 제 시화를 살 수도 있습니다. 밀매업자분들에게는 그런 걸 사는 것보다 더 현명한 일은 없을 겁니다. 몇 년쯤 지나 제가 죽으면, 값이 세 배는 더 나갈 테니까요."

저는 농담 삼아 한 말이었습니다. 그러나 그 밀매업자는 제가 자기한테서 돈을 앗아가려는 줄 알고 겁이 덜컥 났나 봅니다. 당황한 듯 연신 헛기침을 해대더니, 갑자기 홀에서 가장 먼 구석에 있는 지인을 발견했다며 인사를 한답시고 달려갔습니다.

사랑하는 베를린의 벗들이여, 제가 저를 초대한 사람과 즐겁게 함께 한 점심 식사가 어땠는지는 굳이 묘사하지 않겠습니다! 식당은 하얗고 깔끔해서 유리처럼 빛났습니다. 음식은 얼마나 예쁘게 담겨서 나왔는지, 얼마나 맛있게 잘 먹었는지, 어떤 포도주를 곁들였는지! 그런 것들에 대해서는 언급하지 않겠습니다. 밀매업자들이 식사하는 모습이 워낙 인상적이었거든요. 그들은 매너를 중시해서 아름다울 정도로 자제를 잘했습니다. 아무리 맛있는 음식이라도 임무를 완수하듯이 진지하게, 심지어 조금 경멸하는 듯한 얼굴로 먹었습니다. 오래된 부르고뉴산 포도주를 마치 약이라도 먹는 것처럼 고요하고 다소 고통스러운 표정으로 잔에 가득 따라 마셨습니다. 저는 그들을 바라보며 속으로 이런저런 덕담을 해주었습니다. 그러고는 저녁때 먹으려고 롤빵 한 개와 사과 하나를 챙겨 주머니에 넣었습니다. 제가 왜 베를린으로 가지 않느냐고요? 네, 참 이상하지요. 하지만 사실 저는 여기가 더 마음에 듭니다. 그리고 제가 고집이 좀 센 편이거든요. 안 갈 거예요, 저는 베를린이나 뮌헨으로 돌아가지 않을 겁니다. 그곳의 산들은 저녁에 장밋빛을 띠지도 않고, 이것저것 결여된 것들이 많습니다.

(1919년)

수채화

 오늘은 점심 무렵에, 왠지 오늘 저녁에는 그림을 그리게 되
리라는 예감이 들었습니다. 며칠째 바람이 불고, 저녁에
는 수정처럼 맑다가도, 아침이 되면 구름이 잔뜩 끼어 있
곤 했습니다. 그런데 지금은 약간 잿빛을 띤 온화한 공기가 다가와 꿈
꾸듯 부드럽게 베일처럼 주위를 둘러싸고 있는 겁니다. 아, 이러면 어
찌 될지 전 익히 잘 알고 있었습니다. 햇살이 비스듬히 기우는 저녁
무렵이면 놀랍도록 아름다워질 겁니다. 물론 이런 날만 그림 그리기
에 좋은 건 아닙니다. 사실 날씨가 어떻든지 그림은 그릴 수 있었습니
다. 여긴 언제나 아름다웠으니까요. 비가 내릴 때조차도 아름답고,
푄(Föhn)*이 불어오는 오전에는 유리같이 투명해져서 여기에서 네 시
간 거리에 있는 마을의 창문을 셀 수 있을 정도로 모든 것이 선명하
게 보이는데, 그때도 무척 아름답습니다. 하지만 오늘 같은 날은 뭔가
다르고 특별했습니다. 그림을 그릴 수 있는 날이 아니라, 그림을 그
릴 수밖에 없는 날이었습니다. 이런 날에는 붉은색이나 황갈색 점

---

* 산을 넘어서 불어 내리는 고온 건조한 공기를 말한다.

하나하나도 초록색에 대비되어 풍부한 울림이 있었고, 포도밭의 낡은 말뚝들도 각각 그림자를 드리운 채 깊은 생각에 잠긴 듯 아름답게 서 있었습니다. 그런데 아무리 짙은 그림자 속에서도 각각의 색채가 분명하고 힘 있게 자신을 표현하고 있었습니다.

어린 시절에는 그런 날들을 방학 때면 만날 수 있었습니다. 물론 그 당시에는 제 관심사가 그림 그리기가 아니라, 낚시였습니다. 그리고 낚시도 역시 마음만 먹으면 언제라도 할 수 있었습니다. 하지만 그 어떤 바람이 불고 그 어떤 냄새가 나고 그 어떤 습기가 느껴지고 그 어떤 종류의 구름이 끼고 그 어떤 그림자가 드리우는 그런 날들이 있었습니다. 그런 날 아침이면 저는 오후엔 저 아래 다리 근처에서 돌잉어가 노닐 거고, 저녁이면 피륙 공장의 물레방아 근처에서 농어가 입질하리라는 걸 분명하고 확실하게 알았습니다. 그 후로 세상은 바뀌었고 제 삶도 바뀌었습니다. 소년 시절에 낚시하던 그런 날에 느꼈던 즐거움과 충만한 행복감은 어느새 전설처럼 믿기지 않는 일이 되어버렸습니다. 그러나 인간 자체는 별로 변하지 않습니다. 그 어떤 즐거움이나 그 어떤 놀이를 늘 만끽하고 싶어합니다. 그래서 저는 요즘 낚시를 하는 대신 수채화를 그립니다. 그리고 날씨가 그림 그리기에 좋은 아름다운 하루를 약속하는 조짐이 보이면, 늙어버린 제 가슴속에서 어린 시절 방학 때 느꼈던 환희의 여운이 다시금 살며시 느껴지고, 어떤 일이든 준비하고 감행하려는 욕구가 슬며시 고개를 듭니다. 대체로 그런 날은 저에게 좋은 날이며, 저는 여름마다 그런 날이 며칠이라도 있기를 기대합니다.

그래서 저는 늦은 오후에 집을 나섰습니다. 그림 도구를 담은 배낭을 등에 메고 작은 접이식 의자를 손에 들고서 점심때 미리 생각해둔 장소로 갔습니다. 우리 마을 위쪽에 있는 가파른 산자락이었습니다. 전에는 울창한 밤나무 숲이었지만 지난겨울에 나무를 모두 베어버려서 나무 내음이 조금밖에 나지 않는 그곳의 나무 둥치들 사이에서 이미 여러 번 그림을 그렸습니다. 그곳에서는 우리 마을의 동쪽이 내려다보였습니다. 짙은 색 기와를 얹은 낡은 지붕들 일색이었지만, 새로 담홍색 기와를 올린 지붕이 더러 있었고, 회칠하지 않은 맨 담장들도 한쪽 각도에서 보였습니다. 그리고 그 사이사이에 나무들과 정원들이 있었고, 여기저기에서 하얀 빨래나 색깔 있는 빨래 몇 점이 바람에 나부끼고 있었습니다. 건너편에는 거대한 푸른 산들이 장밋빛 봉우리를 이고 보랏빛 그림자를 드리운 채 첩첩이 포개어져 서 있었습니다. 그 오른쪽 아래로는 호수가 보였고, 호수 건너편에서는 작은 마을 몇 군데가 밝게 반짝이고 있었습니다.

이제 제게 주어진 시간이 두 시간가량 남아 있었습니다. 그동안 해가 서서히 기울면서 지붕과 담장들 위로 내리쬐는 햇살이 점점 더 따스하고 짙은 황금색으로 변해갈 겁니다. 저는 스케치를 시작하기 전에, 호수까지 이어지는 계곡의 다양한 모습을 잠시 살펴보았습니다. 저 멀리에는 마을들이 보였고, 바로 앞에는 나무 둥치들이 보였는데 잘린 단면의 색이 아직은 옅은 편이었습니다. 이 나무 둥치들에서는 초록빛 곁가지들이 무성하게 자라나서 키가 벌써 1미터쯤은 되어 보였습니다. 그 사이의 불그스름한 마른 땅에선 암석들이 희끔희끔 보였고, 우기에 깊게 파인 도랑들도 보였습니다. 그러고 나서 우리 마을을 살펴보았습니다. 담장과 박공과 지붕으로 둘러싸인 이 작고 포근한 둥지들의 모든 선과 면을 저는 이미 오래전부터 잘 알고 있었습니다. 그 형태들을 저는 수십 번이나 찬찬히 살펴보고 연필로 그려봤습니다. 예전엔 산화철을 칠해서 짙은 밤색이었던 커다란 지붕 하나가 지금은 새롭게 단장되어 있었습니다. 그건 조반니(Giovanni)의 집이었습니다. 가을이면 그 지붕 아래 널찍한 다락 공간에 황금빛 옥수수들이 매달려 있곤 했습니다. 그런데 그 커다란 지붕 전체를 이제 조반니가 새로 덮은 것이었습니다! 몇 달 전 조반니의 아버지가 세상을 떠났습니다. 그는 마을에서 가장 나이가 많은 노인이었습니다. 이제 조반니가 아버지의 재산을 물려받아 부자가 되자, 심혈을 기울여 집을 수리하고 증축하고 칠까지 새로 한 겁니다. 그리고 그 뒤편에 있는 키작은 카바디니(Cavadini)의 조그마한 집도 새로 칠이 되어 있긴 했는데, 그나마 딱 한쪽뿐이었습니다.

그 키 작은 사내는 결혼을 할 거라서 정원이 있는 쪽의 벽을 헐어 문을 내었습니다. 그렇습니다. 마을에는 집을 소유하고 집을 짓는 사람들, 결혼하고 자식을 낳는 사람들, 저녁이면 문 앞에 앉아 담배를 피우는 사람들, 일요일이면 동굴을 개조한 술집에 가서 보치아(Boccia)*를 하고, 지방자치단체의 의원으로 선출되는 사람들이 있어야 합니다. 이 모든 집과 오두막은 누군가의 것이며, 누군가가 지은 것입니다. 그리고 누군가가 거기에 살면서 먹고 자고 아이들이 자라는 것

---

* 　이탈리아의 전통놀이 중 하나로, 표적구에 가장 가깝게 공을 굴린 사람이 승리한다.

을 지켜보며 돈을 벌거나 빚을 지기도 합니다. 그리고 이 모든 작은 정원과 나무와 풀밭, 포도밭, 월계수, 그리고 손바닥만 한 밤나무 숲도 각기 다 임자가 있습니다. 그것들은 팔리기도 하고 상속되기도 하며, 기쁨을 주기도 하고 걱정거리가 되기도 합니다. 아이들은 새로 지은 커다란 학교에 가서 긴요한 것들을 배우고 여름에 석 달 동안 방학을 보냅니다. 그러고 나서 용감하게 굶주린 듯 생활 전선으로 뛰어들고, 집을 짓고 결혼하고 담장을 허물고 나무를 심고 빚을 지고 아이를 낳아 학교에 보냅니다. 이 사람들이 그들의 집과 정원에서 보고 있는 것, 그런 건 제게 보이지 않거나 별로 제 눈길을 끌지 못합니다. 지하실에 물이 차고 창고에 쥐가 득실거리고 굴뚝이 막혀 연기가 빠지지 않고 정원에 심은 콩에 그늘이 너무 많이 진다는 것, 그 모든 것이 제게는 보이지 않습니다. 그런 일이 저를 기쁘게 하지도 않거니와 저의 걱정거리가 되지도 않습니다. 그러나 반대로 제가 여기에서 우리 마을을 바라볼 때 보이는 것, 그걸 그 사람들은 보지 못합니다. 저 뒤편에 바래고 갈라진 회벽이 하늘의 파란 색조를 끌어당겨 땅 위까지 물결치게 하는 모습은 아무도 보지 못하는 겁니다. 바람에 나풀거리는 녹색 미모사 사이에서 박공의 빛바랜 분홍색이 얼마나 잔잔하고 포근한 미소를 짓고 있는지 눈여겨보는 사람은 없습니다. 아다미니(Adamini) 집의 어두운 황갈색이 짙푸른 산을 배경으로 얼마나 풍성하고 탄탄한 느낌을 주는지, 그리고 신다코(Sindaco)의 정원에 측백나무 잎새들이 서로 얽혀 있는 모습이 얼마나 기묘한지를 살펴보는 사람도 없습니다. 바로 이런 순간에 색채들이 연주하는 음악이 가장 순수하고 멋진 분위기를 자아낸다는 것과 이 작은 세계에서 들려주는 색조들의 연주와 명암의 단계와 그림자들의 싸움은 단 한순간도 똑같지 않다는 것을 아는 사람도 없습니다. 저 아래 푸르스름한 조개껍데기 같은 골짜기에서 저녁의 황금빛 연기가 가느다랗게 피어오르고 저편의 산들이 더 멀찍이 물러나는 모습은 아무도 보지 못합니다. 집을 짓거나 집을 허물고, 숲에 나무를 심거나 숲을 베어내고, 창틀에 칠을 하거나 정원에 씨를 뿌리는 사람들이 있어야 한다면, 또한 이 모든 것을 보는 사람, 이 모든 행위와 일의 관객인 사람, 이 담장들과 지붕들을 눈과 가슴에 담고 그것들을 사랑하고 그림으로 그리려는 사람도 있어야 할 겁니다.

저는 아주 훌륭한 화가는 아닙니다. 그저 아마추어일 뿐입니다. 그렇지만 계절마다, 날마다, 그리고 시시각각 변하는 이 넓은 골짜기의 얼굴들, 지형의 굴곡과 호숫가의 형태와 풀밭에 걸어서 생긴 구불구불한 길들을 저만큼 잘 알고 사랑하는 사람은 없습니다. 저처럼 그 모든 것을 그렇게 가슴에 품고 그것들과 함께 살아가는 사람은 없습니다. 그러려고 밀짚모자를 쓰고 배낭을 메고 작은 접이식 의자를 든 화가가 여기 있는 겁니다. 이 화가는 시도 때도 없이 포도밭과 숲 가장자리를 속속들이 헤매고 돌아다니면서 이것저것 들여다보기 때문에, 늘 어린 학생들의 웃음거리가 되고, 이따금 다른 사람들의 집과 정원, 아내와 자식, 기쁨과 근심을 보며 부러워하기도 합니다.

저는 하얀 종이에 연필로 간단히 스케치를 하고 팔레트를 꺼내고 물을 부었습니다. 이제 붓을 물에 적시고 네이플스 옐로 물감을 살짝 묻혀 제 그림에서 가장 밝은 점을 찍습니다. 그건 저 뒤편의 잎이 무성하고 싱싱하게 물이 오른 무화과나무 위에서 빛이 반사되어 반짝이는 박공입니다. 이제 저는 조반니 마리오 카바디니에 관해서는 아무것도 생각하지 않습니다. 그들이 부럽지도 않거니와 그들이 제 걱정거리에 신경 쓰지 않듯이 저도 그들의 걱정거리에 신경 쓰지 않습니다. 그 대신 저는 잔뜩 긴장하고 집중하여 녹색과 회색으로 무엇인가를 표현하려 애쓰고 있습니다. 저는 먼 산 위에 물기를 살짝 바르고 초록색 나뭇잎들 사이에 붉은색을 콕콕 찍고 그 사이에 다시 파란색을 찍습니다. 그리고 마리오 집의 붉은 지붕 아래 그림자를 심혈을 기울여 그려 넣고 그늘진 담장 위로 보이는 둥근 뽕나무의 금빛이 도는 초록색을 표현하려고 애씁니다. 이런 저녁시간에는, 즉 제가 마을 위 산비탈에 앉아 그림을 그리는 짧지만 찬란한 이런 시간에는 저는 더 이상 다른 이들의 삶을 바라보는 관찰자나 관객이 아닙니다. 저는 그들의 삶을 부러워하지도 않고 판단하지도 않으며 사실 그것에 관해 아무것도 알지도 못합니다. 다른 사람들도 자기가 하는 일에 다 그렇듯이 저 역시 뭔가를 갈망하는 어린아이처럼 열심히 제가 하는 일을 끈기 있게 물고 늘어지는 것뿐이고, 제 놀이와 사랑에 빠져 있는 것뿐입니다.

(1926년)

화가의 기쁨

 밭은 곡식을 맺으나 돈이 들고
풀밭은 철조망에 에워싸인 채 숨어 있고,
궁핍이 있으니 탐욕이 일어나고,
모든 게 엉망이 된 채 벽으로 막혀 있는 듯하네.

그러나 여기 내 눈 속에는
만물의 다른 질서가 거하고 있어서,
보라색이 번지고 자주색이 군림하니,
그들의 순진무구한 노래를 내가 부르네.

황색이 황색에, 황색이 적색에 어우러지고
시원한 청색이 분홍빛으로 물드네!
빛과 색채가 이 세계에서 저 세계로 떠돌다가
사랑의 물결 속에서 굽이치며 울려 나오네.

정신이 지배하며 만병을 치유하니,
갓 태어난 샘에선 초록이 울려 나오고.
세계가 새로이 의미 있게 배치되니
마음속이 즐겁고 밝아지네.

빨간 물감 없이

다시 한번 겨우 빠져나와 오전 시간을 오롯이 나만을 위해 쓸 수 있게 되었습니다.

의무들이여, 잠시 기다리길. 일상의 자질구레한 일도 잠시 내버려두렵니다. 녹슬고 더딘 이 기기를 계속해서 작동해야 할 의무가 정말로 제게 있는 걸까요? 출판사에서 보내온 교정쇄도 기다려주길. 저에게 겨울 강연을 의뢰하려고 보훔 혹은 도르트문트에서 온 신사분도 기다리시길. 대학생들과 어린 소녀들이 보내온 편지들도 기다리길. 그리고 베를린과 취리히에서 온 손님들, 문학청년들과 지적으로 고상한 척하는 여인네들도 기다리길. 늘 문학에 관해서 떠벌리기만 하는 대신, 제집 앞을 이리저리 거닐며 한 번쯤 아름다운 풍경도 감상해보길!

그 모든 것에서 저는 도망쳐 나왔습니다. 이제 몇 시간 동안은 책이나 서재 같은 건 생각조차 하지 않을 겁니다. 존재하는 건 오로지 태양과 저, 그리고 밝고 부드러우며 사과처럼 은은한 푸른빛이 감도는 9월의 이 아침 하늘, 뽕나무와 포도나무의 가을 잎새에서 반짝이는 노란색뿐입니다. 제 손에는 그림을 그릴 때 앉는 조그마한 간이 의자가 들려 있습니다. 이건 제 마술 도구이자 파우스트의 망토입니다. 이 것의 도움으로 저는 수천 번의 마술을 부렸고 어리석은 현실과 싸워 이겼습니다.

그리고 등에는 배낭을 메고 있는데, 그 안에는 조그마한 화판과 수채화 물감을 짜놓은 팔레트, 그림을 그릴 때 쓸 물이 담긴 작은 병 하나, 예쁜 이탈리아제 도화지 몇 장, 그리고 여송연 하나와 복숭아 한 개가 들어 있습니다. 저는 10분 후면 들이닥칠 게 뻔한 우체부에 게 발목을 잡히지 않으려고 서둘러 집을 나섭니다. 그리고 행진하듯 성큼성큼 걸어 마을을 벗어나며 이탈리아의 옛 군가를 흥얼거립니다. 막사여 안녕, 우리 다신 만나지 말자!(Addio la caserma, non ci vedremo più!)

멀리 가지는 못했습니다. 포도밭 언덕엔 그늘이 져서 풀잎이 아직도 이슬에 촉촉이 젖어 있었는데, 그 풀밭에 걸어서 생긴 작은 길로 접어들자마자 한 폭의 그림이 저를 불러 세웠기 때문입니다. 자신을 무조건 그려야 된다는 듯, 너무나 아름답고 신비스런 눈길로 저를 바라보고 있는 겁니다. 그건 마치 오래된 나무들로 이루어진 정원 같아 보입니다. 주목, 종려나무, 측백나무, 목련, 그리고 수많은 관목이 가파른 산비탈에 비스듬히 기운 채 위를 향해 뻗어 있고, 특히 끝이 뾰족한 측백나무 우듬지가 하늘을 향해 살짝 구부러져 있어서, 마치 불꽃이 이글거리는 것 같습니다. 그 아래 짙은 초록 바다에서는 새빨간 기와지붕이 불타오르며 뾰족뾰족한 매혹적인 그림자를 드리우고 있

고, 저 높이 위쪽에 잠든 듯 고요한 정원과 수목의 낙원에서는 밝은 색 별장 한 채가 선명한 그림자를 드리운 채 다정하고도 요염한 눈길을 보내고 있습니다. 제가 마을을 벗어나지도 않은 채 여기 머무르며 웃자란 풀밭에서 발이나 적시고 있게 되리라곤 아예 생각조차 못했습니다. 그러나 이제 어쩔 수가 없습니다. 저 빨간 지붕과 굴뚝 그림자, 그리고 테라스의 나뭇잎 바다에서 언뜻언뜻 보이는 신비로운 짙은 청색이 저를 놓아주지 않기 때문입니다. 그걸 전 그려야만 합니다. 이제 접이식 간이 의자를 펼쳐놓습니다. 이건 집에서 야외로, 의무에서 즐거움으로, 문학에서 그림으로 나들이를 할 때 저와 함께하는 동무이자 동반자입니다. 조심스레 그 의자에 앉습니다. 그러자 천으로 된 좌대에서 조금 삐걱거리는 소리가 나며, 저더러 새 못을 몇 개 더 박으라고 경고합니다. 그걸 제가 어제 또 잊어버렸던 겁니다! 왜냐고요? 독일에서 온 어떤 신사가 저를 또 찾아왔기 때문입니다. 그 신사는 휴가를 보내러 남쪽에 와 있다면서도 엉뚱하게 고향 사람들이나 찾아다니며 문학에 관해 떠벌리는 데 열중하고 있었습니다. 에이, 그 작자 다리나 부러졌으면! 아니, 그건 좀 심하고. 앞으론 제발 꼼짝 말고 베를린에만 있기를! 제 간이 의자가 나지막이 삐걱거립니다.

이제 저는 배낭을 풀밭에 내려놓고 화구 상자와 연필과 도화지를 꺼냅니다. 그러고 나서 화판을 무릎에 올려놓고 스케치를 하기 시작합니다. 지붕, 굴뚝과 그 그림자, 능선, 높은 곳에서 환하게 빛나고 있는 별장, 어두운색의 로켓 모양 측백나무들, 짙푸른 숲의 그늘에서 햇빛을 받아 경이롭게 빛나는 밤나무 줄기. 저는 스케치를 금방 마쳤습니다. 오늘 저에겐 세세한 묘사가 중요하지 않아서 색을 칠할 윤곽만 그렸거든요. 언젠가 제가 작고 세세한 것에 푹 빠져서 나무의 잎사귀까지 세는 날이 올 수도 있긴 하겠지요. 하지만 오늘은 아닙니다! 오늘은 오로지 색깔만 중요합니다. 지붕의 이 짙고도 진한 빨강, 그 안에서 청홍색과 보라색의 기운이 느껴지며, 어두운색 나무들을 배경으로 밝은 집을 도드라져 보이게 하는 그 색깔 말입니다. 얼른 팔레트부터 꺼내놓고 아주 조그마한 종지에 물을 조금 붓고, 붓을 담급니다. 그러다가 화들짝 놀라고 말았습니다. 팔레트의 홈 몇 군데가 비어 있는 겁니다. 완전히 텅 비어 있습니다. 아주 싹싹 긁어내버려서, 물감의 흔적조차 없습니다. 게다가 빨간색까지 없습니다! 하필이면 제가 그토록 기대했던 그 색이 없는 겁니다. 바로 그 깊은 울림을 표현하려고 이 스케치를 한 건데 말입니다! 빨간 물감 없이 어떻게 저 찬란한 기와지붕을 그린단 말입니까?!

맙소사, 도대체 왜 빨간 물감이 없는 걸까요? 싹싹 긁어내어 텅 빈 이 홈들에 왜 물감들을 채워 넣지 않은 걸까요? 아, 저는 즉시 그 이유를 깨달았습니다. 그건 이삼일 전의 일이었습니다. 그림을 그리고 집에 돌아오자마자 몸을 씻고 쉬기 전에 먼저 비어 있는 홈 몇 개에 물감부터 새로 채워 넣을 작정이었습니다. 코발트색과 빨간색과 몇 가지 녹색을 싹 긁어내고 양손에 물감이 잔뜩 묻은 채로 물감 튜브들을 장에서 꺼내 오려고 했습니다. 바로 그때 문 두드리는 소리가 들렸습니다. 또 방문객이 찾아온 겁니다. 아주 멋진 테니스복을 입은 어떤 신사였는데, 그에게서는 고급 호텔과 자가용 냄새가 났습니다.

그 신사는 마침 루가노에서 체류 중이어서 저를 방문해야겠다는 생각을 하게 된 거였습니다. 제 작품인『황야의 이리(Steppenwolf)』를 읽었는데, 자신도 근본적으로는 일종의 황야의 이리 같은 기질을 가진 인간이라는 사실을 제게 털어놓고 싶었던 겁니다. 그는 정말로 그렇게 보였습니다! 그림 도구들을 재빨리 배낭에 도로 쑤셔 넣고 그 신사의 이야기를 15분이나 들어주었습니다. 그러고 나서 그를 현관까지 배웅하고 그가 나가자마자 문을 이중으로 닫고 빗장도 질러버렸습니다. 그런데 그와 얘기를 나누다 보니 그만 물감에 대해 까맣게 잊고 말았던 겁니다. 그래서 지금 제가 저 빨간 지붕에 대한 사랑에 푹 빠진 채 그림에 대한 열망을 가득 품고 여기 앉았는데, 빨간 물감이 없는 겁니다! 안 됩니다, 외지인들을 절대로 집에 맞아들여서는 안 되는 겁니다! 그리고 책 같은 건 쓰면 안 되는 겁니다! 이게 다 그것 때문이었습니다!

저는 몹시 화가 치밀었습니다.

하지만 예술은 열정만으로는 되지 않습니다. 지혜도 필요합니다. 문득 그런 생각이 들어 저는 제 자신에게 이렇게 말했습니다. "빨간 물감 없이도 그림에서 원하는 색조를 표현할 능력이 없다면, 차라리 그림 그리는 걸 포기해라!" 저는 빨간 물감을 대체할 색을 만들어보기 시작했습니다. 주홍색에 청홍색을 조금 섞어봤습니다. 그런데 아무리 이것저것 섞어봐도 열망하는 색깔이 나오지 않자, 최소한 대조 효과라도 얻으려고 지붕 주위의 청색을 좀 더 연둣빛을 띠게 만들어보기도 했습니다. 저는 이를 악물고 이렇게 저렇게 섞어봤습니다. 잔뜩 집중하다 보니, 물감도 잊어버렸고, 낯선 방문객이나 문학이나 세상 따위 싹 잊어버렸습니다. 오로지 이 몇 가지 색깔과의 싸움만이 존재했습니다. 이 색깔들을 서로 어우러지게 해 아주 특별한 음악을 만들어 내야만 했으니까요. 그래서 마침내 저는 도화지를 그림으로 가득 채웠습니다. 그러느라 어느새 한 시간이 훌쩍 지나가 있었습니다.

하지만 도화지를 잠시 말리고 나서 풀밭에 펼쳐놓자, 저는 아무것도 이루지 못했다는 걸, 아무것도 해내지 못했다는 걸 곧바로 깨달았습니다. 유일하게 별장 지붕 아래 그림자만은 아름다웠습니다. 그나마 제대로 색을 내서 하늘과도 아주 잘 어울렸습니다. 비록 하늘은 코발트색 없이 그려야 했지만 말입니다. 전경에 색을 너무 많이 덧칠해서 엉망진창이 되어버렸습니다. 저는 빨간 물감을 다른 것으로 대체할 수 있는 능력이 없었던 겁니다.

저는 아무것도 할 수 없었습니다.

아, 예술에서 유일하게 중요한 건 재능이었습니다!

예술에서 결정적인 것 중에서 갖고 싶은 걸 말하라고 한다면, 그건 오직 재능, 잠재력, 혹은 제 경우엔 행운도 포함될 겁니다! 종종 저 자신도 그 반대로 생각했습니다. 무엇을 할 수 있는지, 얼마만큼 탁월하게 예술 활동을 전개할 수 있는지는 중요한 문제가 아니며, 마음속에 정말로 무언가를 품고 있고 정말로 무언가 할 말이 있는지가 중요하다고 주장하기도 했습니다. 정말 멍청했지요! 누구나 마음속에 무언가를 가지고 있고, 누구나 말할 무언가를 가지고 있습니다. 그러나 침묵하거나 더듬거리지 않고, 말로든, 색채로든, 음조로든 그것을 정말로 표현하기도 하는 것, 오로지 그것만이 중요합니다! 요제프 폰 아이헨도르프(Joseph von Eichendorff)*는 위대한 사상가가 아니었습니다. 그리고 피에르 르누아르(Pierre Renoir)**도 추측컨대 비범하게 심오한 사람은 아니었을 겁니다. 그러나 그들은 자신들의 일을 해낼 수 있었습니다! 그들은 많든 적든 말해야 하는 것을 완벽하게 표현해냈습니다. 그럴 수 없는 사람은 펜이든 붓이든 던져버리는 게 나을 겁니다! 아니면 가서 계속해서 연습하든지요. 뭔가 할 수 있을 때까지, 뭔가 성공할 때까지, 포기하지 않고 계속해서 연습하고 연습하는 겁니다.

저는 이 두 번째 길을 택하기로 결심하고, 배낭을 꾸렸습니다.

(1927년)

---

* 독일의 낭만파 시인이다.
** 프랑스의 대표적인 인상파 화가다.

그림 그리는 즐거움과 괴로움

 오늘 저는 부둣가 초록색 벤치들 중 하나에 한참 동안 앉아 있었습니다. 이 볼품없고 딱딱한 벤치들은 온통 흙먼지로 뒤덮인 자갈밭에 일정한 간격으로 놓여 있는데, 저녁이면 백수건달들이나 외지인들이 와서 앉아 있곤 했습니다. 제가 호숫가의 이 도시를 알게 된 지도 벌써 여러 해가 되었고 여기 와서 여러 달씩 머문 적도 많았지만, 이 따분한 벤치들 중 하나에 백수건달들 틈에 앉아 있고 싶었던 적은 단 한 번도 없었습니다. 그런데 이제는 익숙해져서 오늘은 한 시간 동안이나 거기 앉아 있었던 겁니다. 정오 무렵이라서 그런지 저 말고 다른 사람은 거의 없었습니다. 햇살에 눈이 부셔서 눈을 깜박이며 제방 너머 파란 호수를 바라보았습니다. 짙은 청록색 물결이 반짝이는 호수엔 저 멀리 돛단배 두 척이 마치 공중에 떠 있는 듯 유유히 움직이고 있었습니다. 초록색 호반이 호수를 단단히 껴안고 있었고, 남쪽 하늘에서는 여름철의 옅은 구름 사이 여기저기로 눈 덮인 산봉우리들이 어렴풋이 고개를 내밀고 있었습니다. 이 시간에는 무척 조용해서 저는 눈을 깜빡이다가 때로는 졸다 깨다

하면서 벤치 구석에 웅크리고 앉은 채, 이따금 멀리 떠다니는 돛단배들의 움직임을 눈으로 좇기도 했습니다. 가까이에는 살아 움직이는 것이 거의 없었거든요. 딱 한 번 모직 스웨터를 입은 한 청년이 경쾌한 걸음걸이로 지나가긴 했습니다. 아주 잘생긴 청년이었는데, 모자를 쓰지 않아 긴 머리칼이 부드러운 바람에 찰랑거렸습니다. 그리고 한 번은 일고여덟 살쯤 되어 보이는 땅딸막한 꼬마가 왔는데, 따분한 자갈밭을 걸어가기가 싫었는지, 부둣가 제방 위로 의기양양하게 걸어갔습니다. 오른손에 든 장난감 권총을 계속 장전하며 정확히 다섯 걸음마다 쏘아댔습니다. 그 어떤 전쟁이나 인디언과의 싸움에서 영웅이 되는 꿈에 취하기라도 한 듯 리드미컬한 동작을 하며 끝없이 이어져 있는 제방 위를 걸어갔습니다. 그 아이의 조그마한 형체가 점차 희미해지기 시작하더니 작은 점이 움직이는 것처럼 보이게 되었을 때, 저는 문득 오늘이 그림 그리기에 좋은 날씨라는 걸 깨달았습니다. 공기와 물, 땅과 수풀이 마법의 숨결을 두른 듯 사랑스럽게 어우러진 정말 그림 같은 날이었습니다. 화가들이 눈앞의 대상과 사랑에 빠지게 되는 그런 날. 모든 것이 신비롭고 다시 볼 수 없는 아름다움을 지니고서 그림으로 표현하게끔 유혹하는 날, 가장 사소한 것과 가장 무미건조한 것조차도 고요한 후광 같은 향기와 매력이 감도는 날이었습니다. 오, 제가 얼마나 오랫동안 그림을 그리지 않았는지! 정말 영겁의 세월이 지난 것만 같았습니다!

몇 달 동안이나 이런 행복을 누리지 못하고 지냈는지 모릅니다! 가뜩이나 무미건조한 도시에 햇살이 적은 겨울철에 수많은 여행객이 몰려와 북새통을 이루는 동안, 저는 책만 탐독하고 일만 하며 지내느라 반년도 넘게 그림을 그리지 못했습니다. 그동안 저는 어떤 매혹적인 인상에 사로잡힌 적도 없었고, 은밀하면서도 흥미진진하게 고군분투해본 적도 없었습니다. 도시를 여행하면서는 도저히 그림을 그릴 수가 없었습니다. 저는 그림을 그리려면 시골에서 유유자적하게 지내며, 경치 좋은 곳에서 자주 홀로 거닐며, 아주 조용히 깊이 명상할 수 있어야만 했었습니다. 오, 갑자기 이런 그림 같은 바람이 불어와 저를 일깨우니, 지난여름에 그림을 그리며 행복하게 지냈던 때가 얼마나 그리웠는지요! 제 화실에서 멀리 떨어져 있는 도시에서 그토록 오랫동안 지체하다니 얼마나 한심한지요. 얼마나 많은 봄날을 누리지도 못한 채 헛되이 흘려보냈는지요! 그런데 갑자기 모든 것이 그림처럼 보였습니다. 제 발밑의 자갈밭은 희미한 분홍빛을 띠고 있었고, 호수의 돛단배들은 황갈색과 오렌지빛으로 반짝이고 있었습니다. 잔물결이 이는 물가의 수면은 호숫가의 아름다운 풍경이 비쳐서 마치 잔뜩 짜놓은 물감들이 서로 스며들어 조금씩 섞이고 있는 팔레트 조각처럼 보였습니다. 수정처럼 맑은 청록색 수면은 높은 금속성 음처럼 맑고 상쾌한 노래를 부르고 있었고, 밝게 빛나는 초록색 나무들과 그 아래에 짙게 드리운 그늘 사이에서는 양지바른 집들의 벽면들이 앞다투어 따뜻하게 말을 걸어오고 있었습니다.

그러나 여기에선 그림을 그린다는 걸 생각조차 할 수 없었습니다. 여기 이런 도시, 이런 황량한 부둣가, 사람들 틈바구니에서는 말입니다. 오, 제가 테신의 우리 집에 있었더라면! 제 화구를 가지고 밤나무 숲 그늘 아래에 있었더라면 얼마나 좋을까요? 하지만 그건 부질없는 바람이었습니다. 저는 도시를 여행 중이어서, 제 숙소에 있는 보잘것없는 조그마한 수채화 팔레트는 물감이 몇 달째 말라붙은 채 먼지투성이가 되어 있었습니다.

저는 울적해져서 집으로 향했습니다. 아무래도 본격적인 그림 그리기는 당분간 참아야 하니까요. 하지만 그동안은 놀이 삼아 수채화 물감으로 친구나 수집가를 위해 수채화에 짤막한 글을 적거나 동화에 삽화를 그리거나, 시에 풍경이나 꽃 그림을 곁들여 그리는 것도 괜찮겠다 싶었습니다.

그렇게라도 그림 그리기를 갈망하는 마음으로 싱숭생숭해하며 색채에 대한 동경으로 가득 찬 채 숙소로 돌아왔습니다. 밝은 햇살에서 벗어나 그늘져서 서늘한 현관문으로 들어서서, 계단을 올라가 복도의 어둠 속으로 들어갔습니다. 햇살이 내리쬐는 푸르른 바깥과 달리 제 방에선 고요하면서도 약간은 서늘한 빛이 감돌고 있었고, 회색 진주알 같은 그림자가 부드럽고 아름답게 드리워져 있었습니다. 그리고 방 한가운데, 탁자 한가운데에 뭔가 놀라운 것이 있었습니다. 너무나 사랑스러운 색채들이 생기 있게 물결치고 있었습니다. 가장 친밀한 색조들이 어우러져 합주를 하고 있었습니다. 그건 꽃 세 송이가 달린 목련 가지였습니다. 그중 한 송이는 벌써 시들시들해서 꽃잎이 떨어지기 일보 직전이었고, 또 한 송이는 싱싱하게 활짝 피어 있었고, 나머지 한 송이는 아직 봉오리도 벌어지지 않은 상태였습니다. 꽃잎의 바깥쪽은 자주색이고, 안쪽은 비단결처럼 고운 하얀색인 이 꽃들이 그늘진 회색 공간에서 아주 부드럽게 살랑거리며 마법처럼 아름답게 생기를 머금고 있었는데, 벽에 붙은 그림들의 몇 가지 뿌연 색들만이 이 꽃들의 울림에 대답하고 있었습니다.

저는 깜짝 놀라 황홀한 심정으로 그 꽃 앞에 서 있었습니다. 그 꽃을 새까맣게 잊고 있었거든요. 아마 어제 제가 어떤 친구네 정원에서 기쁜 마음으로 꺾어 왔던 것 같습니다. 뭔가 생기 있고 다채로운 빛을 내는 걸 제 방에 가져다 놓게 되어 기뻐하며, 조심스럽게 물을 주고 잘 세워놓았습니다. 그러나 그 꽃이 얼마나 아름다운지, 얼마나 복된 빛을 쏟아내고 있는지, 활짝 핀 그 큰 꽃이 죽음을 예감하며 오동통하고 싱싱한 봉오리 위로 살며시 고개를 숙이는 모습이 얼마나 감동적인지, 보라색에서 분홍빛을 거쳐 은은하고 서늘한 하얀색에 이르기까지 부드럽게 구부러지다가 끝부분은 살며시 말리는 모습이 얼마나 아름다운지, 이 비할 데 없는 아름다움이 얼마나 짧고 덧없는지. 그리고 그 아름다운 모습을 그릴 수 있었고, 그려야 했고, 아주 서둘러 열망하는 마음으로 그렸어야 했다는 것을 저는 어제는 물론이고 오늘 아침까지도 몰랐다가, 집에 돌아온 순간에야 비로소 깨달은 것입니다.

먼저 모자를 벗어 의자에 휙 던져놓고, 물 한 잔을 떠 오고, 수채화용 팔레트를 찾아 온 다음, 딱딱하게 굳어버린 먼지투성이 물감 덩어리를 젖은 수건으로 다시 깨끗이 닦으며 물기를 머금게 했습니다. 그리고는 황색과 회녹색, 빨간색과 군청색이 촉촉해지며 녹아 윤기가 나기 시작하는 것을 지켜보았습니다. 저는 서둘러 자리를 잡고 앉아서 이탈리아제 도화지 한 장을 펼쳐놓고 붓을 물에 적셨습니다. 그런 다음 물기를 충분히 머금은 가장 옅은 색을 전체적으로 쓱쓱 칠했는데, 보라색이 물기가 너무 흥건해서 붓과 손가락으로 분홍색 부분과 흰색 부분에 이르기까지 쓱 문질러 꼭 짜서 팔레트 안으로 흘려보냈습니다. 그 예쁜 세 송이 꽃이 뭉그러져 망치게 된 겁니다. 너무 빨리 젖어서 엉망이 되어버린 도화지를 가지고 낑낑대다가, 저는 결국 찢어버리고 새 도화지를 집어 들었습니다.

탁자 위 그 꽃들 옆에는 기다리는 우편물이 놓여 있었고, 저녁 식사 초대장도 놓여 있었고, 피에솔레에서 온 카드 한 장도 있었고, 마분지로 싸서 끈으로 묶은 새 책 두 권도 놓여 있었습니다. 그런데 제 눈엔 그게 들어오지 않았습니다. 목련과 제 도화지 외에는 아무것도 존재하지 않았습니다. 잎사귀의 뾰족한 끝에서 이렇게 활짝 웃고 있는 초록색을 포착하는 것 외에는 아무것도 중요하지 않았습니다. 그건 곧 배경은 어둡게 처리하리라는 암시이기도 했습니다. 행복감에 부풀고 긴장감에 들떠서 탐욕스럽게 연신 도화지에 붓질을 해댔고, 꽃의 목구멍의 흐릿하게 보이는 깊은 심연을 탐욕스럽게 들여다보며, 청홍색으로 물든 물컵에 서둘러 붓을 담갔습니다. 방 밖으로는 새 물을 떠오려고 딱 한 번 뛰쳐나갔고, 유감스럽게도 흰색이 없이는 그릴 수가 없어서 책상 서랍에서 흰색 물감 튜브를 꺼내려고 딱 한 번 일어났습니다. 그것 말고는 한 시간 내내 그림을 중단한 적이 없었습니다. 단 한 번도 쉬지도 않았고, 제정신이 아니었는데, 그렇다고 정신을 차리고 싶지도 않았습니다. 연신 칠하고 닦아내고 물에 담그고 짜냈습니다. 파란색을 조금 더 칠하고 노란색도 조금 더 칠했다가 곧바로 다시 젖은 붓으로 색을 옅게 했습니다. 오, 세상에 그림 그리는 것보다 더 아름답고 더 중요하고 더 행복한 일은 없었습니다. 다른 모든 것은 어리석은 시간 낭비고 헛짓거리일 뿐이었습니다.

그림 그리기는 정말 굉장한 일이었고 아주 맛깔나는 일이었습니다! 마지막으로 저는 배경도 좀 더 특별하게 만들려다가, 그만 장애물에 부딪히고 말았습니다. 회녹색을 잔뜩 묻힌 붓으로 물기가 너무 많은 곳을 실수로 건드리는 바람에 물감이 번져서 흐릿한 줄이 여러 개 생겨버린 겁니다. 그래서 필사적으로 닦아냈습니다. 그러자 갑자기 온갖 구석에서 동시에 악마가 출몰하기 시작했습니다. 여기에선 색칠한 가장자리가 너무 보기 싫게 뭉쳐 있는 게 발견되었고, 또 저기는 밝게 비워둬야 하는데 회색이 묻어 있는 게 보였습니다. 너무 깜짝 놀라 붓을 물에 담가 빨며, 더 조바심을 내게 되었습니다. 그림이 전체적으로 너무 빨갛기만 하고 서늘한 파랑은 너무 적게 쓴 건 아닐까요? 제가 흰색을 포기했던 게 너무 바보 같은 짓은 아니었을까요? 아, 그런데 잎사귀의 그림자와 배경에 어떻게 이 똑같은 군청색을 사용할 수 있었던 걸까요? 실수에 실수가 거듭 눈에 뜨여서, 계속해서 닦아내고 문질러댔습니다. 안 됩니다, 서두르다 더 망쳐버렸습니다. 이젠 그만해야 했습니다. 저는 붓을 내려놓고 도화지가 완전히 마를 때까지 기다려보기로 했습니다. 마르면 보이겠지요. 아 그렇겠죠. 그런데 도화지가 마르자, 아무튼 분명하게 보였습니다. 아휴, 이런, 제가 이토록 아름다운 꽃을 그린답시고 만들어놓은 것은 우글쭈글한 도화지에 지저분한 얼룩들뿐이었습니다. 도화지도 물감도 아까웠고, 덧칠을 해대느라 더럽힌 물조차도 아까웠습니다!

저는 물감을 떡칠한 도화지를 천천히 북북 찢어서 휴지통에 넣어버렸습니다. 그림 그리기보다 더 위험하고, 더 어렵고, 더 실망감을 주는 것이 있을까요? 이보다 더 까다롭고 이보다 더 희망이 없는 것이 있을까요? 목련을 그리려는 시도가 『돈키호테(*El Ingenioso Hidalgo Don Quixote de la Mancha*)』나 『햄릿(*Hamlet*)』 같은 작품을 쓰는 것에 비해 하찮은 일이고 어린애 장난 같은 짓이고 주제넘은 시도였을까요?

저는 이런 과격한 생각을 하면서도, 기계적으로 새 도화지 한 장을 화판 위에 올려놓고, 붓 두 자루를 깔끔하게 빨고, 깨끗한 물을 다시 떠오고는 불안한 마음으로 천천히 새로 그림을 그리기 시작했습니다.

(1928년)

「늦여름에 피는 꽃들」 중에서

여름이 점차 저물어가고 있는 이 무렵에는 공기 중에 그 어떤 청명함이 깃드는데, 그런 청명함을 저는 '그림 같다'라고 표현하고 싶습니다. 화가들은 '그림 같다'라는 말을 그리기 쉽다는 뜻으로 이해하지는 않을 겁니다. 실제로 이런 청명함은 그리기가 굉장히 어려울 겁니다. 하지만 청명함은 그걸 붓으로 성취해내고 찬미하도록 무한히 자극하고 있습니다. 왜냐하면 어떤 색깔의 물감도 결코 이런 심오하고 신비로운 빛의 힘, 이런 보석 같은 특성을 갖지 못하며, 그 밖에 그림자들도 옅어지지 않고서는 이런 부드러움을 절대로 표현해내지 못하고, 또한 식물 세계에는 지금보다 더 아름다운 색채들이 존재한 적이 없기 때문입니다. 그런데 지금도 이미 모든 것이 가을을 예감케는 하지만 본격적인 가을철의 현란하고 견고한 색채의 환희는 아직 시작조차 하지 않은 상태입니다. 그러나 지금 정원에는 1년 중 가장 찬란한 꽃들이 피어 있습니다. 여기저기에서 불타오르는 듯한 빨간 석류꽃이 피어나고, 그다음에는 게오르기네, 즉 달리아*를 비롯해 백일홍, 철 이른 과꽃, 고혹적인 산호색 푸크시

---

*   식물학자 요한 고틀리프 게오르기의 이름을 따서 '게오르기네'라고도 부른다.

49

아가 피어납니다! 그러나 한여름부터 초가을까지 색채가 지닌 환희의 진수를 보여주는 건 뭐니 뭐니 해도 백일홍입니다! 이 꽃을 요즘 저는 제 방에 늘 놓아둡니다. 다행히도 이 꽃은 수명이 매우 깁니다. 그래서 저는 그런 백일홍 꽃다발이 처음엔 싱싱했다가 차차 시들어가는 모습을 호기심을 가지고 비길 데 없이 행복하게 지켜보고 있습니다. 꽃의 세계에는 갓 꺾은 갖가지 색의 백일홍 한 다발보다 더 화려하고 건강한 꽃은 없습니다. 이 꽃은 눈부시게 빛을 발하며 색채의 환호성을 지릅니다. 가장 현란한 노란색과 오렌지색, 가장 큰 소리로 웃는 빨간색, 그리고 가장 오묘한 적보라색, 이것들은 종종 소박한 시골 소녀들의 리본이나 일요일의 외출복 색깔처럼 보일 수도 있습니다. 그리고 이 강렬한 색깔들은 각자 마음대로 어떻게 배치를 하든지 어떻게 섞든지, 언제나 황홀하게 아름답습니다. 그리고 단지 강렬하고 화려하기만 한 것이 아니라, 서로를 받아들이고 조화를 이루며, 서로 자극하고 서로의 매력을 높여줍니다.

저는 여러분에게 이 꽃에 대해 어떤 새로운 이야기를 하려는 게 아닙니다. 제가 백일홍의 발견자라도 되는 양 생각하는 것도 아닙니다. 저는 단지 이 꽃에 대한 저의 애정을 이야기하고픈 것뿐입니다. 왜냐하면 이러한 애정은 제가 오래전부터 사로잡혀 있는 아주 기분 좋고 이로운 감정들 중 하나이기 때문입니다. 이건 아마도 노인 특유의 감정이긴 하겠지만 그렇다고 결코 약하지는 않은 이런 애정은 이 꽃이 시들 때 유난히 각별해집니다!

꽃병 안에서 서서히 빛을 잃고 죽어가는 모습을 볼 때, 저는 죽음의

무도회를 체험합니다. 무상함에 대해 한편으론 서글프고, 다른 한편으론 소중한 동의를 체험하는 것입니다. 왜냐하면 가장 무상한 것이야말로 가장 아름다운 것이기 때문이고, 죽는 것 자체는 무척 아름답고, 원기 왕성하고, 사랑스러운 것일 수도 있기 때문입니다. 사랑하는 친구여, 꺾은 지 여드레나 열흘쯤 된 백일홍 꽃다발을 한 번 관찰해보십시오! 여러 날이 지나면서 색깔은 바래지만 아름다움은 여전히 유지하는 모습을 관찰해보십시오! 날마다 여러 번 아주 자세히 관찰해보십시오! 여러분은 이 꽃들이 싱싱했을 때는 대단히 화려하고 도취한 듯한 색채를 지니고 있었는데, 이제는 색깔을 잃어가며 아주 연약하고 피곤한 듯 부드러운 색채로 변해 있는 것을 보게 될 겁니다. 그저께의 오렌지색이 오늘은 밝은 노란색이 되어 있을 것이고, 모레는 연한 청동색 기운이 도는 회색이 될 겁니다. 쾌활한 전원풍의 청적색이 그늘의 반대로 옮겨간 듯 빛이 바래고, 지쳐가는 꽃잎들의 가장자리가 군데군데 살짝 주름 잡히면서 말리고 희뿌연 색과 이루 형언할 수 없을 정도로 심금을 울리며 우수에 잠긴 듯한 회적색을 띱니다. 주로 증조할머니의 빛바랜 비단옷이나 오래되어 퇴색한 수채화에서 볼 법한 색이지요. 그리고 친구여, 꽃잎의 뒷면도 유심히 살펴보십시오! 줄기가 꺾일 때나 갑자기 확연히 모습을 드러내는 꽃잎의 이런 뒷면에서도 색채 변화의 유희는 계속 진행됩니다. 점점 더 정신적인 것으로 넘어가며 소멸하여 이렇게 승천하는 과정이 화관 자체에서보다 훨씬 더 향기롭고 훨씬 더 경이롭게 이루어집니다. 여기에서는 평소에 꽃의 세계에서는 보지 못하는 잃어버린 색채들이, 특이하게

H. H. 23.

금속성 색조나 광물성 색조들이 꿈을 꿉니다. 회색의 변종으로, 높은 산의 암석에서나 이끼나 해조류의 세계에서만 볼 수 있는 회녹색과 청동색 같은 것들입니다. 여러분은 그러한 것의 진가를 평가할 줄 압니다. 여러분이 어느 해에 빚은 고급 포도주의 특별한 향기, 혹은 복숭아 껍질이나 아름다운 여인의 살갗에 난 솜털의 유희의 진가를 평가할 줄 아는 것처럼 말입니다.

제가 권투 선수보다 더 섬세한 감각과 영적인 체험의 가능성을 가지고 있다고 해서, 센티멘털한 낭만주의자라고 비웃지는 않으시겠지요. 제가 시들어가는 백일홍의 색채에 열광을 하든, 아달베르트 슈티프터(Adalbert Stifter)*의 들꽃들에서 스러지는 고운 색조들에 열광을 하든 말입니다. 그러나 친구여, 우리는 멸종 위기에 처해 있을 정도로 소수가 되었습니다. 축음기를 다룰 줄 알아야 음악성이 있는 것이라 여기고, 번쩍이는 자동차를 아름다움의 세계에 속하는 것으로 여기는 오늘날의 미국인들에게 일단 한 번 시도해 보십시오. 즐기며 자족하기나 하는, 인간이 되다 만 그런 자들에게 꽃의 죽음, 즉 장밋빛이 연회색으로 변화하는 과정을 가장 생동적이고 흥분에 찬 것이라고, 모든 삶과 모든 아름다움의 비밀로서 체험하는 기술을 시험 삼아 가르쳐 보십시오! 그들이 놀라워할 것입니다.

(1928년)

---

* 오스트리아의 작가. 장편 『늦여름』은 독일 교양소설의 대표작으로 여겨진다.

화가가 계곡의 공장을 그리다

 그대 또한 아름답구나, 초록빛 골짜기의 공장이여,
비록 이윤 추구, 노예 같은 생활, 암울한 억류 상태 같은
증오스런 일들의 상징이자 고향이긴 해도.
그대 또한 아름답구나! 종종 나의 눈은
그대 지붕의 다정한 빨간빛을 즐긴다.
그대의 돛대이자 그대의 깃발인 저 오만한 굴뚝마저도!
그대도 내 인사를 받아주고 내 사랑도 받아주오,
초라한 숙소들의 빛바랜 고운 파란빛이여,
거기에선 비누 내음, 맥주 내음, 아이들 내음이 풍겨 나온다!
초록빛 초원과 보라빛 들판에선
상자 같은 건물들과 빨간 지붕들이
서로 즐겁게 어우러져 연주하네, 마치
오보에와 플루트의 취주악처럼, 즐겁고도 섬세하게.
나는 웃으며 붓을 주홍색 물감에 담그고,
먼지 낀 초록색으로 들판을 쓱쓱 칠한다.

그러나 무엇보다 아름답게 빛나고 있는 건 저 빨간 굴뚝,
이 한심한 세상에 수직으로 박혀 있네,
무척이나 의기양양하게, 아름다우면서도 우스꽝스럽게,
어느 거인의 유치한 해시계 바늘처럼.

이웃 사람 마리오

요 며칠 저는 햇살이 좋은 오전에는 숲속에 가서 앉아 있곤 했습니다. 숲 여기저기에는 이미 빛이 바랜 아카시아들이 푸르스름한 수풀 속에서 앙증맞은 연노랑 잎새들을 매단 채 금방울을 딸랑거리듯 흔들거리고 있었습니다. 저는 가을의 시작을 알리는 작은 징후들에 둘러싸인 채 앉아 있었습니다. 붉은색과 은회색 버섯들이 돋아나 있었고, 갓 떨어진 밤송이들이 눈에 띄었는데, 그 초록색 가시투성이의 껍질 속에는 아직 익지 않은 하얀 알밤이 박혀 있었습니다. 금잔화와 조팝나물도 한창 피어나고 있었습니다. 그렇다고 제가 그저 빈둥거리기만 하며 앉아 있던 건 아니고, 무척 바빴습니다. 저는 몇 년 동안 줄곧 그림만 그려왔는데, 최근에 갑자기 스케치에 푹 빠져서 그 후로는 심지어 밤에 그 꿈까지 꿀 만큼이 새로운 수작업에 온통 정신이 팔려 있었습니다. 그래서 저는 거기 앉아서 무릎 위에 화판을 올려놓고 숲의 한 부분을 도화지에 그려 넣으려 애쓰고 있었습니다. 마치 어마어마하게 커다란 뱀들이 서로 뒤엉켜 있는 것처럼 늙고 구부정한 밤나무 10여 그루, 그 사이로

곧게 서 있는 날씬한 연갈색 아카시아 줄기들, 그 줄기들 사이와 위쪽에 얽혀 있는 나뭇가지들과 수관들, 그 아래의 돌멩이들, 양치류들과 그물처럼 얽힌 나무뿌리들, 그리고 그 나무들 한가운데 있는 암벽 지하실의 다소 퇴락한 출입문. 그건 담처럼 쌓아 올린 두 기둥 사이에 달아놓은 격자문이었는데, 이 문을 지나면 암벽 속의 어둡고 깊은 동굴 속으로 들어서게 될 겁니다. 이런 걸 그리는 것은 제가 감당하기 어려운 과제였습니다. 하지만 그렇다고 해서 그게 덜 진지하게 해도 된다는 이유가 될 수는 없었습니다. 언제나 자신이 잘할 수 있는 것들만 하다 보면 따분하고 지루하기 마련입니다. 모든 경찰이나 여권 담당 직원은 이 사실을 잘 알고 있어서 가령 이름의 알파벳을 읽을 때 아주 조심합니다. 그들은 수년 동안 여권을 기록하거나 검사해왔지만 마치 그 어려운 일을 처음 하는 양 아주 집중해서 호기심을 가지고 끈질긴 노력을 기울임으로써 산뜻하고 바른 상태를 유지합니다. 저는 양치류들과 씨름을 했고, 나무줄기들에 그림자도 그려 넣었습니다. 저는 몸을 뒤틀고 있는 굵은 나무줄기들과 신비한 동화 속의 두 돌기둥 사이에서 산속 요정들에게로 인도하는 문을 그리면서 즐거워했습니다. 이런 구멍 속의 깊은 어둠을 하얀 도화지에 연필로 묘사하는 것은 정말로 큰 즐거움이었습니다.

한 번은 그렇게 스케치를 하다가 다시 고개를 들었다가 깜짝 놀랐습니다. 갑자기 눈앞의 광경이 바뀌어 있었기 때문입니다. 격자문이 활짝 열리더니, 지하실의 짙은 어둠 속에서 놀랍게도 촛불 하나가 따뜻하게 빛나고 있었습니다. 다음 순간 바로 그 촛불이 꺼지더니, 키가

크고 마른 남자 하나가 동굴 밖으로 걸어 올라왔습니다. 그동안 이미 여러 번 스케치를 했는데도 저는 그 낡은 암벽 지하실이 누구의 것인지 몰랐습니다. 그런데 이젠 알게 되었습니다. 땅속에서 불쑥 올라온 사람은 몬타뇰라 출신의 노인 치오 마리오(Zio Mario)였습니다. 그가 문을 다시 닫으려다가 저를 보고 알아차리고는 손가락 하나를 펠트 모자에 대고서 다정하게 인사했습니다. 테신의 나이 든 사람들 사이에서는 이웃과 교제할 때 아직도 여전히 이런 다정하고 우아한 격식을 차린 인사를 나눕니다. 그는 광대뼈가 나온 갈색 얼굴에 다정한 미소를 띠고서 제가 하는 일에 관해 정중하게 묻긴 했지만, 다가와서 제 도화지를 들여다보지는 않았습니다. 이런 신중하고 점잖은 태도는 한 세대 전만 해도 모든 로만계 나라에서는 당연한 것이었고 프랑스 사람들에게서는 요즘도 드물지 않게 발견됩니다. 여기도 나이 든 사람들에게는 이런 태도가 아직 남아 있어서, 이곳 남쪽에서의 생활을 마음 편하고 기분 좋게 만드는 몇 가지 요소 중 하나가 되고 있습니다. 짧은 인사를 나눈 후에 제가 다시 도화지로 고개를 숙이고 계속 그림을 그렸다면, 그는 더 이상 말을 붙이지 않고 제 일을 존중해 주었을 겁니다. 그러나 저는 일어나서 그에게로 건너가 악수를 청하고 포도 작황은 어떤지, 염소들은 잘 자라는지 물었습니다. 그가 마침 지하실 근처니 내려가서 포도주나 한잔하고 가라고 저를 초대하리라는 것을 직감했는데, 역시 그는 진심으로 바로 그렇게 했습니다. 저는 감사 인사를 하고 나서, 오전 중이고 일을 해야 하니 술은 마실 수 없지만, 그 대신 그의 지하실은 한번 구경하고 싶다고 이야기했습니다. 우리는 오래되어 모서리가 닳고 닳은 계단을 내려갔습니다. 문이 열리자 어두운 심연이 제 앞에 펼쳐졌습니다. 그 노인은 어둠 속에서 손을 뻗어 마술을 부리듯 촛대를 꺼내 양초에 불을 붙이고는 예배당과 비슷한 측면 벽감 몇 개가 있는 아름다운 벽과 둥근 천장을 자랑스레 보여주었습니다. 주요 통로는 산속으로 30미터쯤 뚫려 있었는데 벽이 흠잡을 데 없이 완벽하게 발라져 있었습니다. 안쪽으로 더 들어가자 둥근 인공 천장은 사라지고 모래와 자갈이 깔린 통로가 훨씬 더 깊숙한 곳까지 이어져 있었습니다. 저는 벽을 쌓은 솜씨가 무척 대단하고 실내가 아주 서늘하다고 칭찬했습니다. 마리오 노인이 거듭 포도주를 권했지만 저는 사양했습니다. 우리는 발길을 돌려 조그마한 촛불에 의지하면서 천천히 걸어 나왔습니다. 깊은 땅속을 벗어나 황금빛 아침 숲으로 다시 나온 겁니다. 그리고 거기에서 잠시 더 머무르면서 허물없이 이런저런 이야기를 나누었습니다.

마리오는 언뜻 보기에 저와 아주아주 다른 사람 같습니다. 잘 모르는 사람이라면 그를 저와 완전히 반대되고 대립되는 인간형으로 여길 겁니다. 그는 농부인데, 그것도 아주 어려운 시절을 겪어본 가난한 농부입니다. 예전에 테신의 가난한 농가 출신의 소년들이 거의 대부분 그랬던 것처럼, 그는 미장 기술을 배웠고 젊은 시절에는 여러 해 동안 킬이나 제네바나 프랑스 같은 외지로 나가 일을 했습니다. 그런 다음 돌아와서 아버지의 얼마 안 되는 척박한 땅을 물려받았고, 절약해서 모은 돈으로 숲도 조금 사들였습니다. 그리고는 어느 누구의 도움도 받지 않고 손수 수십 년간 열심히 땅을 개간해서 서서히 목장과 포도밭을 만들어냈습니다. 암소 한 마리와 염소 너덧 마리, 옥수수와 메밀을 심은 밭 한 뙈기, 조그마한 밤나무 숲과 수확이 괜찮은 포도밭으로 오랜 세월 먹고살았는데, 그해의 작황에 따라 때로는 부족할 때도 있었고 때로는 넉넉하게 생활할 때도 있었습니다.

마리오에게 저는 뭔가 이해할 수 없는 일을 하면서 자기네 마을에 눌러사는 이방인 '신사'일 겁니다. 스케치와 수채화를 그리는 걸로는 먹고살 수 없다는 것을 그는 아주 잘 알고 있을 테니까요. 그는 제가 그림을 그리거나 스케치를 하는 모습이나 산책을 하다가 패랭이나 용담 한 다발을 꺾어서 집으로 가는 모습을 자주 보아왔습니다. 몇 년 전부터 저와 가끔 이야기를 나누기도 하지만 그 밖에는 저에 관해 아무것도 알지 못합니다. 저의 생활과 저의 일이 그에게는 수수께끼 같을 겁니다. 겉보기에 그는 어슬렁거리며 돌아다니기나 하는 외지인을 무해한 식객 정도로나 여길 단순하고 투박한 농부처럼 보입니다.

그러나 꼭 그렇지만은 않습니다. 사실 마리오는 저에게 아주 낯설게 느껴지지 않습니다. 그와 저는 사람들이 생각하는 것보다 비슷한 점이 훨씬 더 많습니다. 마리오는 마을에서 살고 있지만, 그의 땅은 마을에서 한참 떨어진 곳에 있습니다. 그는 거기에 벌써 수십 년 전에 축사를 지어놓았고, 이미 아주 낡아 보이는 그의 오두막 옆에서는 포도와 나무딸기가 자라고 있습니다. 축사 옆에 습기 많은 조그마한 초록빛 계곡에는 작은 시냇물이 흐르고 있는데, 그 시원한 자리에 마리오는 벤치 하나와 돌로 된 탁자 하나를 가져다 두고서, 봄이면 그 위

로 아카시아 꽃잎이 떨어지는 그곳에서 이따금씩 휴식을 즐기곤 합니다. 저녁에는 친구와 함께 또는 혼자서 담배를 한 대 피우거나 포도주 한잔을 마시기도 하고요. 그는 파이프 담배를 즐겨 피웁니다. 그리고 가을이면 돌버섯을 넣어 맛있게 만든 리소토에 좋은 포도주 한잔을 곁들여 먹곤 합니다. 하지만 그는 이 모든 것을 현명하게 정도껏 즐길 줄 압니다. 그리고 그렇게 늙어가며 일하는 사이에 즐거운 시간도 많이 누릴 수 있기를 바랍니다. 그는 100그램에 60첸테시모(Centesimo)*짜리 버지니아 담배를 피우는데, 100그램으로 정확히 일주일을 피웁니다. 그는 늘 신선한 담배를 피우려고 절대 그 이상은 사지 않습니다. 평소에는 늘 직접 빚은 포도주를 마시지만, 일요일이나 축제일만큼은 동굴을 개조한 술집에 가서 1리터짜리 피에몬테 포도주를 반병 정도 마시거나 한 병 다 마시는 호사를 누리기도 합니다. 예전에는 술을 마시다가 같은 연배의 친구들과 보치아를 하기도 했는데, 그는 보치아 솜씨가 아주 훌륭했습니다. 하지만 지금은 그 놀이를 하지 않습니다.

그렇다고 조용하면서도 축제 같은 그런 삶을 즐기려는 그의 천성과 기호가 아예 사라져버린 건 결코 아닙니다. 그 밖에도 마리오는 아주 오래전부터 마을의 보수적인 음악 단체인 '관현악단'에서(물론 진보적인 악단도 하나 있긴 한데) 호른을 불고 있습니다. 이 일대에서 취주악과 시골 축제에 관해 그보다 더 잘 아는 사람은 없을 겁니다. 그리고 그가 제 마음에 쏙 드는 점이 한 가지 더 있습니다! 올해 그는 30여 년 전

---

* 이탈리아의 화폐 단위로 100분의 1리라에 해당한다.

에 손수 지은 낡은 축사의 전면을 수리하고 회칠도 새로 했습니다. 그런데 그는 벽을 깔끔하게 새로 회칠하는 것만으로는 만족하지 못했고 이웃 마을의 화가 페트리니(Petrini)를 불러서 문 위쪽에 아름다운 그림을 그리게 한 겁니다. 그건 베들레헴의 마구간에 있는 성스러운 가족의 그림이었습니다. 그래서 숲에서 나와 마리오의 오두막 근처로 걸어오다 보면 벚나무 가지들 사이로 이 아름다운 벽화가 반짝이는 것이 보입니다. 부드러운 빛의 성모와 갈색 얼굴의 조용한 요셉, 성스러운 아기와 말구유 옆에 모인 다정한 동물들이 반깁니다.

마리오는 제 삶이 어떨지 제대로 가늠하기 어려울 겁니다. 저 역시 고된 노동과 근검절약으로 가득 찬 그의 삶에 대해 그저 아주 피상적으로 미루어 짐작만 하고 있을 뿐입니다. 하지만 제가 그의 심오한 취미와 즐거움을 얼마나 잘 이해하고 있는지, 우리 두 늙은이가 서로 속속들이 얼마나 비슷한지는 그도 아주 분명하게 느끼고 있습니다. 일주일 동안 버지니아 담배 100그램을 피우고, 좋은 돌버섯을 찾아 홀로 은밀히 숲속을 거닐기도 하고, 저녁이면 졸졸 흐르는 작은 시냇가의 나무 밑 돌 탁자 앞에 앉아 휴식을 취하고, 일요일에는 마을 악단에서 관악기를 불고, 초록색 풀로 뒤덮인 벽에 새로 그려진 아름다운 성모 그림을 보며 기쁨에 젖는 생활. 그 모든 것을 저는 수많은 '신사'의 생활과 기쁨보다 훨씬 더 잘 이해하고 있습니다.

"맞습니다, 신사 양반." 마리오가 제게 말합니다. "삶은 힘겨운 거예요, 어느 누구에게도 쉽진 않지요. 하지만 아시다시피 저녁에 마시는 포도주 한잔, 일요일에 맛볼 수 있는 약간의 즐거움과 음악, 그런 것

들이 살맛나게 하는 거잖아요." 서로 악수를 나누고 나서 저는 스케
치를 마저 하려고 고개를 숙입니다. 설령 이 스케치가 실패한다 하더
라도, 마리오의 지하실 문이 그려진 이 그림은 제게 정겨운 추억으
로 남을 겁니다.

(1928년)

책상 앞에서 보내는 시간들

수많은 편지를 받고 수많은 사람의 방문을 받는 사람은 폭 풍처럼 밀려오는 갖가지 비참한 사연들과 끊임없이 마주 하게 됩니다. 부드러운 한탄과 수줍은 부탁에서부터 냉소 적으로 절망하다 못해 격분하여 원망하는 위압적 태도에 이르기까지 무척 다양합니다. 단 하루 동안의 편지들이 저에게 전해 오는 비탄, 곤경, 빈곤, 기근, 실향의 상황을 제가 몸소 견뎌내야 한다면, 저는 결코 더는 살아 있지 못할 겁니다. 그리고 종종 마치 눈앞에서 전개 되는 듯 상황을 매우 사실적으로 생생하게 묘사하는 편지들이 많아 서 제가 상상력을 동원해 공감하며 정말로 진지하게 받아들이고 인 정하게 되다 보니, 무척 힘이 들긴 합니다. 그래도 지난 몇 년 동안 그 렇게 지내는 것이 정말 만족스러웠습니다. 물론 위로와 조언이나 물 질적 도움을 통해 그들을 최소한 어느 정도는 도와주되, 그 많은 어 려운 사연에 일일이 공감하고 이해하려는 마음을 조금은 자제해야 하지 않을까 하는 생각이 들기도 합니다.

하지만 1년에 몇 번 정도는 제게 특별한 기쁨을 선사하는 편지들이

오기도 하는데, 그런 편지들에는 제가 무척 정성 들여 답장을 합니다. 1년에 몇 번 정도는 누군가가 제가 직접 쓴 시에 작은 그림으로 장식한 시화를 구입할 수 있는지 문의하는 편지들이 오기도 합니다. 저는 시화를 팬들에게 판매하여 수익금 일부를 빈곤과 기아에 시달리는 나라들에 보내는 구호품 구입비나 후원금으로 내기도 합니다. 꽤 여러 달 만에 요즘 또 그런 문의가 들어와서, 제가 다시 돈벌이를 하게 되었습니다. 저는 가능한 한 그런 시화를 늘 한두 개쯤 미리 준비해놓고 있다가, 어느 팬에게 한 점을 팔고 나면, 가능한 한 빨리 대체할 것을 만들어놓습니다. 이것은 제가 지금까지 했던 모든 일 가운데 제가 가장 즐겁게 하는 일들 중의 하나입니다. 그 일은 대략 다음과 같이 이루어집니다. 맨 처음에 저는 제 화실에 있는 종이 보관용 서랍장을 엽니다. 이 장은 제가 지금 사는 집을 지었을 때 들여놓은 것으로, 전지를 넣어둘 아주 넓고 깊숙한 서랍들이 있습니다. 거기엔 오래되어 요즘은 대부분 더 이상 구할 수 없는 귀한 종이들이 많이 들어 있는데, 이 장과 종이들은 "어린 시절에 간절히 원하는 것은 나이가 들어 이뤄진다."는 격언대로 제 소원이 이루어진 것입니다. 꼬마였을 때 저는 크리스마스나 생일에 매번 종이를 선물로 받고 싶어 했거든요. 여덟 살 때쯤엔 소원을 적는 쪽지에 '슈팔렌 문(Spalentor)*만큼 커다란 종이 한 장'이라고 쓴 적도 있습니다. 나이가 더 든 후에도 저는 아름다운 종이를 얻을 수 있는 기회라면 절대 놓치지 않았습니

---

* 바젤 전체를 둘러싸고 있던 성벽의 문으로 1080년에 지어졌으며, 1400년대 알자스 지역에서 도시로 들여오는 주요 보급 물품이 통과하는 관문으로 쓰였다.

다. 제가 가진 책들이나 제가 그린 수채화 몇 점을 종이와 맞바꿀 때도 종종 있었습니다. 그리고 종이 보관용 서랍장을 마련한 후로는 제가 사용할 수 있는 것보다 훨씬 더 많은 종이를 구비해놓게 되었습니다. 저는 서랍장을 열고 종이 한 장을 고릅니다. 때로는 매끄러운 종이가, 때로는 거칠거칠한 종이가, 때로는 수채화용 고급 도화지가 저를 유혹하기도 하고, 어떤 때는 비교적 단순한 인쇄용지에 마음이 끌릴 때도 있습니다. 이번에는 제가 무척 아끼는데 몇 장 남지 않아서 경건한 마음으로 보관하고 있는 매우 단순하고 약간 누르스름한 종이를 찾아보고 싶어졌습니다. 그건 언젠가 제가 가장 좋아하는 작품 중 하나인 『방랑(Wanderung)』*을 인쇄할 때 사용했던 종이입니다. 이 책의 재고는 미군의 폭격으로 소실되어 더 이상 남아 있지 않습니다. 그래서 그 후 수년 동안 헌책방에서 이 책을 발견할 때마다 값이 얼마든 구입했습니다. 그리고 살아생전 이 책이 다시 출간되는 걸 보는 게 요즘 제가 품고 있는 몇 가지 소망 중 하나입니다. 그 종이가 비싸진 않지만, 아주 약하게 빨아들이는 특별한 투과성을 가지고 있어서, 거기에 수채화 물감을 칠하면 오래되어 약간 색이 바랜 듯한 느낌이 듭니다. 제가 기억하는 바로는, 그 종이도 위험성이 있긴 했던 것 같은데, 그게 어떤 위험성이었는지는 생각이 나지 않았습니다. 그래서 일단 시험해보고 놀라든 말든 하기로 했습니다. 저는 그 종이를 몇 장 꺼내서 절삭기로 원하는 크기에 맞게 잘랐습니다. 그러고는 적당한 상자 하나를 찾아내서 자른 종이들을 안전하게 담아두고 바로 작

---

* 헤세가 1920년에 에세이 형식의 산문 13편과 시 10편과 수채화 14점을 묶어 출간한 책이다.

업을 시작했습니다. 저는 언제나 써넣을 글과 상관없이 우선 표지와 그림들부터 그려놓고, 나중에 비로소 거기에 어울릴 시를 고릅니다. 먼저 조그마한 풍경화를 대여섯 점 그리거나 화관 하나를 그리기로 하고, 제게 친숙한 모티브를 떠올리면서 데생을 하고 색을 칠합니다. 그리고 다음 그림을 위해 제 화첩에서 고무적인 표본 몇 개를 고릅니다.

저는 흑갈색으로 작은 호수와 산을 몇 개 그리고, 하늘에 구름 한 점도 그려 넣습니다. 전면의 언덕배기에는 장난감처럼 앙증맞은 마을도 그립니다. 하늘에는 코발트색을 약간 칠하고, 호수는 프러시안 블루로 은은한 빛을 내고, 마을에는 황금색이나 네이플스 옐로를 살짝 칠합니다. 모든 색을 아주 옅게 칠하고는 물기를 부드럽게 빨아들이는 종이 위에서 색채가 살며시 번지며 서로 물들이는 모습을 바라보며 기뻐합니다. 그러고는 물 묻힌 손가락으로 하늘을 쓱 닦아서 색을 좀 더 연하게 만듭니다. 저의 소박하고 작은 팔레트로 즐거이 최선을 다합니다. 이 놀이를 정말 오랜만에 해보는 겁니다. 그렇지만 더 이상 예전 같지는 않습니다. 저는 훨씬 더 빨리 지치고 힘이 달려서 하루에 몇 장밖에 그리지 못합니다. 하지만 하얀 종이 몇 장이 직접 시를 쓰고 그림을 그려 넣은 시화로 변하는 것과 이 시화가 처음엔 돈으로 변하고 그다음에는 커피와 쌀과 설탕과 기름과 초콜릿을 담은 소포로 변한다는 걸 아는 것과 더 나아가 그것이 소중한 사람들에게 한 줄기 격려와 위로와 새로운 힘을 불어넣어 주리라는 걸 안다는 건 여전히 멋지고 재미난 일입니다. 이 시화들이 어린아이들에게서는 환호

를, 환자들과 노인들에게서는 미소를, 그리고 또한 여기저기에서 너무 지쳐 낙담한 사람들의 마음속에서는 희미하게나마 한 줄기 믿음과 신뢰의 빛을 불러내리라는 걸 알기에...

이건 정말 멋진 놀이입니다. 그리고 설령 이 사소한 그림들에 예술적 가치가 별로 없다 해도 저는 양심의 가책을 느끼지 않습니다. 처음 이런 시화집들과 화첩들을 만들었을 때 제 솜씨는 지금보다 훨씬 더 서툴고 형편없었습니다. 제1차 세계대전이 한창이던 시기에 한 친구의 권유로 전쟁 포로들을 위한 시화를 만들었습니다.

그로부터 많은 시간이 흐르고 난 지금 그런 의뢰를 받게 되어 무척 기뻤습니다. 왜냐하면 저 자신도 그게 필요했기 때문입니다. 오늘날에는 수십 년 전처럼 제가 손수 만든 작품들이 비치되어 있는 전쟁 포로들을 위한 도서관 같은 건 더 이상 없습니다. 요즘 제가 직접 만든 조그마한 작품을 받는 사람들은 익명의 모르는 사람들이 아닙니다. 그리고 저는 그렇게 해서 번 수익금을 적십자나 이런저런 자선단체에 기부하지도 않습니다. 수십 년이 흐르는 동안, 우리 시대의 전반적 경향과 반대로, 제게는 각계각층의 개인적인 팬들이 점점 더 많아졌습니다. 그런 점에서 저는 어쩌면 별스런 괴짜일 뿐만 아니라, 객관적으로 정당하기도 할 것입니다. 제가 개인적으로 일일이 다 알지는 못하지만 한 사람 한 사람이 제게는 의미 있으며, 각자 자신만의 유일무이한 가치와 특별한 운명을 지닌 소수의 사람들을 제가 개인적으로 보살피는 것이 이전에 제가 거대한 구호 기구의 톱니바퀴 같은 부품으로서 그 기구가 베푸는 선행과 자선 활동을 도왔던 것보다 제게는 훨씬 더 큰 기쁨을 줍니다. 그리고 저는 마음속으로 그게 더 올바르고 꼭 필요한 것이라고 확신합니다. 요즘에도 저는 세상에 순응하라는 요구를 날마다 받고 있습니다. 대부분의 사람이 그렇듯 저 역시 정례화와 체계화의 도움을 받아서, 즉 그 어떤 기구나 비서나 방법의 도움을 받아서 시급한 문제들을 해결하라는 것이지요. 어쩌면 이를 악물고서 저의 예전의 날들로 돌아가라는 것일까요? 하지만 싫습니다. 그랬다간 끔찍해질 겁니다. 파도처럼 밀려와 제 책상 위에 잔뜩 쌓여 있는 그 많은 사람의 곤궁한 사연들은 모두, 그 어떤 구호 기구가 아니라 한 사람에게 도움을 청하고 있기 때문입니다. 각자 자신에게 적합하다고 입증된 방식을 고수하는 게 낫습니다!

(1949년)

작업실의 늙은 화가

 커다란 창문으로부터 12월의 햇살이
파란 아마포와 분홍빛 다마스크(Damask)* 위로 비치고,
황금빛 테두리를 두른 거울이
하늘과 도란도란 이야기를 나눈다.
배가 볼록한 파란 도자기가
여러 빛깔 아네모네들과 노란 냉이꽃
꽃다발을 꼬옥 껴안고 있다.
한가운데 앉아서, 거울에 사로잡힌 채,
거울이 자기를 비춰주는 대로,
늙은 화가가 자기 얼굴을 그리고 있다.
어쩌면 손자를 위해서 시작한 유언장이려나,
어쩌면 자신의 젊은 시절의 흔적을
거울 유리 속에서 찾고 있으려나.

---

* 다마스쿠스에서 유래한 것으로 무늬가 입체감 있게 직조되어 빛의 각도에 따라 다르
게 보이는 고급스러운 직물이다.

하지만 그건 잊힌 지 오래다.

그저 그리고 싶은 기분이 들었을 뿐,

그저 그리는 동기가 되었을 뿐이다.

그는 자기 자신을 보고 그리는 게 아니다.

신중하게 생각해서 그리고 있다

뺨, 이마, 턱엔 빛을 넣어주고,

푸른색과 흰색으로 수염을 그리고,

뺨을 달아오르게 한다

그리고 커튼과 낡은 재킷의 회색에서

꽃처럼 아름다운 색채들이 피어나게 한다.

어깨는 올리고, 머리는 둥글고 대단히 크게 그리고,

입 전체에 진홍색을 칠한다. 고상한 유희에 사로잡힌 채

그는 그림을 그린다 마치 그것이 공기, 산맥, 나무인 듯이,

그는 그림을 그린다 아네모네든 냉이든 상관없이

자신의 초상화를 상상의 공간 속에 그린다.

그가 신경 쓰는 건 오로지

붉은색과 갈색과 노란색의 균형과,

지금처럼 아름다운 적이 없었던

창조하는 시간의 빛 속에서 빛을 발하는

색채들이 펼치는 힘겨루기 유희에서의 조화뿐이다.

그림을 그린다는 건 경이로운 일입니다
– 편지들과 자아 성찰 글들의 모자이크

 그림을 그린다는 건 경이로운 일입니다. 예전에 저는 제게 안목이 있으며 저 자신이 지상에서 주의 깊은 산책자들 중 하나라고 믿었습니다. 하지만 이제야 그런 사람이 되기 시작했습니다. 그런 변화가 저를 이 지긋지긋한 의지의 세계에서 해방시켜줍니다.

1917년 4월 21일, 발터 셰델린에게 보낸 편지 중에서

제가 화가가 될 수 없으리라는 것은 이미 알고 있습니다. 하지만 현상세계에 몰두하는 동안 저 자신을 까맣게 잊게 되는 체험을 하게 됩니다. 여러 날 동안 저 자신을 잊고 세상도 잊고 전쟁과 다른 모든 것을 완전히 잊은 것은 1914년 이후 처음 있는 일이었습니다.

1917년 5월 26일, 알프레트 슐렌커에게 보낸 편지 중에서

전쟁은 저로 하여금 내면의 병을 앓게 하거나 혹은 저 자신과 필연

적으로 논쟁할 수밖에 없게 되는 계기가 되었는데, 이것은 그 나름대로 진행되고 있으며, 저는 거기에 외적인 것을 전부 다 바치고 있습니다. 그리고 요즘 제가 일하는 사이사이에(저는 전쟁성의 공무원 대표이며 포로들의 구호를 위해 일하고 있습니다) 뭔가 아름다운 것을 누리고 싶고 모든 시급한 일에서 벗어나 의심의 여지없이 가치 있는 무언가에 침잠하고자 할 때면, 저는 시를 짓지 않고, 그림을 그립니다. 마흔을 바라보는 나이에 스케치를 하고 그림을 그리기 시작한 겁니다. 그림 그리기는 제게 글쓰기와 거의 똑같은 일이며 종종 그 이상의 의미를 갖습니다.

왜냐하면 제가 유일하게 추구할 만한 가치가 있다고 여기는 영혼의 상태는 사욕이라고는 없는 진심 어린 공감과 몰두의 상태이기 때문입니다. 그런 상태가 바로 참으로 예술적인 것입니다. 그리고 제가 그런 무언가를 할 때면, 여러 시간 동안 그런 상태에 도달해 있게 됩니다. 거기에서 '모든 것이 그대들의 것'이라고 하는 신의 왕국이 시작되는 겁니다.

1917년 7월 4일, 한스 아부리에게 보낸 편지 중에서

마치 한 번도 다르게 있어본 적 없는 사람처럼, 저는 남쪽 계곡의 어느 포도밭 끝자락 나지막한 담장 옆에 조그마한 야외용 접이식 의자에 앉아 있었습니다. 무릎 위에는 작은 화판 하나를 올려놓았고, 왼쪽에는 가벼운 팔레트 하나를 놓고, 오른쪽에는 붓을 하나 놓았습니다. 제 옆의 부드러운 풀밭에는 제 등산용 지팡이와 배낭

이 놓여 있었는데, 배낭이 열려 있어서 작고 우글쭈글한 물감 튜브들이 보였습니다. 튜브 하나를 꺼내서 뚜껑을 돌려 열고 기쁜 마음으로 아주 아름답고 맑은 코발트블루를 짜서 팔레트에 아주 조금 콕 묻혀놓았습니다. 그러고 나서 하얀색도 짜놓고, 저녁 하늘을 위한 아름다운 에메랄드빛 베로나 녹색을 짜고, 빨간색도 아주 조금 짜놓았습니다. 그러고는 한참 동안 멀리 보이는 산들과 황금빛과 황색으로 뭉게뭉게 피어오르는 구름을 물끄러미 바라보았습니다. 그리고 군청색을 빨간색과 섞고 나서, 신중을 기하기 위해 숨을 죽였습니다. 모든 것이 이루 말할 수 없을 만큼 부드럽고 가볍고 엷게 묘사되어야 하기 때문이었습니다. 제 붓이 아주 잠깐 주저하는 듯하더니 파란 바탕에 옅은 구름을 재빨리 둥글게 휘리릭 그려 넣고 회색과 보라색 음영도 묘사했습니다. 그리고 처음에 윤곽만 그렸던 근처의 초록색 들판과 잎이 무성한 밤나무 숲의 녹색이 멀리에서 은은히 빛나는 붉은색, 파란색과 어우러져 서로 상호작용을 하기 시작했습니다. 색채들 간의 우정과 애착, 매혹과 적대가 나타나기 시작하더니, 오래지 않아 제 안과 바깥의 모든 생명이 제 무릎 위에 놓인 작은 화판 위로 응집되었습니다. 세상이 저에게, 그리고 제가 세상에 말하고 행해야 하고, 고백하고 용서를 빌어야 했던 모든 것이 흰색과 파란색, 화려하고 대담한 노란색과 감미롭고 차분한 녹색에서 조용하면서도 열렬히 이루어졌습니다.

그리고 저는 느꼈습니다. 이게 바로 삶이었구나! 이것이 이 세상에서의 저의 몫이었고, 저의 행복이자 저의 짐이었던 겁니다. 여기가 제겐 집이나 다름없습니다. 여기에서 제게 환희가 꽃피었고, 여기에서 저는 왕이었습니다. 그리고 여기에서 저는 매우 존경하는 세상 전체에 기꺼이 침착하게 등을 돌렸습니다.

1918년에 쓴 「일과를 끝낸 저녁 시간의 꿈」 중에서

이곳에서 저는 계속 매우 열심히 새로운 것들을 썼습니다. 제가 쓴 글들을 마음에 들어하는 사람이 아무도 없더라도, 꼭 필요한 글들이라는 것이 언젠가는 드러날 것입니다. 그 밖에도 저는 그림을 많이 그리고 있는데, 제가 말하고 싶은 것을 표현할 수 있는 제 나름의 화법을 이제 차츰 발견해내고 있습니다. 이 조그마한 표현주의적 수채화들은 자연에 대해 매우 자유롭게 표현한 듯 보이지만, 형식적인 면에서는 자세히 연구한 것들입니다. 모든 것이 상당히 밝고 다채롭습니다.

1919년 9월 14일, 셰델린 부인에게 보낸 편지 중에서

의문: 어째서 자연을 양식화하는 것이 바로 그런 식으로만 이루어져야 하고 다른 식으로는 이루어지면 안 된단 말인가? 이것이 제게 수수께끼처럼 여겨지지는 않지만, 그것에 관한 제 생각을 표현하기는 무척 어렵습니다. 제가 보기에 예술에서의 방향 전환과 가령 유행과 같은 인간의 다른 일들에서의 변화 사이에는 밀접한 관련이 있는 것 같습니다. 무의식적인 미지의 충동이 그 모든 것을 이

끄는 겁니다. 각 시기에 유행하는 패션처럼 그렇게 가장 최근의 예술 양식은 관찰자에게 시대정신의 분위기를 알려주는 아주 섬세하고 민감한 지표입니다. 저는 이러한 변동과 변화를 전부 따르고 찬양하는 것은 어느 누구의 의무도 아니라고 생각하며, 저 자신도 거부합니다. 하지만 그 모든 것에 깊은 의미가 있다는 점은 분명합니다. 몇 년 안에 바르셀로나에서 모스크바에 이르기까지 유럽 전체에서 표현주의의 물결이 일어난다면, 그것은 진기한 '우연'도 아니고 개개인의 임의적인 생각에서 비롯된 일도 아닙니다. 모든 젊은이가 '인상주의'를 적대적인 뉘앙스로 받아들이며, '인상주의'라고 부르는 것들에 갑자기 거부감을 보이는 것에 저는 공감하지 못합니다. 저는 여전히 코로(Corot)*와 르누아르를 지극히 좋아합니다. 하지만 저는 그런 거부감을 매우 잘 이해하고 있습니다. 인상주의는 회화의 한 부분을 높이 발전시켰습니다. 미묘한 뉘앙스를 섬세하게 표현해서 그림을 그리는 세련된 고급문화를 일으킨 겁니다. 그런데 젊은이들이 인상주의는 너무 일면적이라며 새로운 음조를 듣고 싶다고 이 고급문화에 갑자기 등을 돌렸습니다. 인상주의의 방식으로는 젊은 세대 특유의 감정과 고뇌를 표현할 수 없었던 것입니다.

그렇다고 이전 세대의 독보적인 훌륭한 작품들이 가치를 상실하게 되는 건 아닙니다. 그리고 일부 젊은이들이 내지르는 혁명적 외침을 너무 진지하게 여길 필요는 없습니다. 새로운 근심과 새로운 감

---

* 프랑스의 대표적인 풍경화가로 신고전주의를 계승하고 인상주의의 발판을 마련했다.

정에 대해서도 새로운 표현을 발견하려는 깊은 욕구만 진지하게 생각할 필요가 있습니다.

1919년 11월 7일, 헬레네 벨티에게 보낸 편지 중에서

그는 가장 애착을 가지고 있는 작은 스케치북을 펼치고 최근에 그린 그림들 중에서 어제와 오늘 그린 것들을 찾았다. 거기에는 뾰족하게 솟은 산이 암벽의 그림자를 짙게 드리우고 있었다. 그가 그 산을 일그러진 얼굴 모양에 아주 가깝게 그렸기 때문에, 마치 고통스러워서 갈라지며 비명을 지르는 것처럼 보였다. 거기 산비탈에는 반원형의 조그마한 석조 분수가 있었는데, 가장자리는 아치 모양으로 그려져 있고 그늘진 안쪽은 검게 채워져 있었으며, 그 위에서는 꽃이 만발한 석류나무가 핏빛으로 빛나고 있었다. 이 모든 것은 오직 그만이 읽을 수 있는 암호이고, 순간을 탐욕적으로 재빠르게 메모한 것이자, 자연과 가슴이 새로이 강렬하게 공명하는 모든 순간에 대한, 급히 떠오른 기억의 파편이었다. 그리고 이제 좀 더 크게 스케치하고 색칠한 것들도 있었는데, 하얀 도화지들이 수채화 물감이 칠해지면서 표면이 다채로운 색으로 빛나고 있었다. 수풀 속의 붉은 저택은 초록색 벨벳 위의 루비처럼 이글이글 빛나고 있었고, 카스티야 근처의 청록색 산 위에는 붉은색 철제 다리들이 걸려 있었고, 그 옆에는 보라색 제방이 보이고, 장밋빛 길도 그려져 있었다. 그 밖에 벽돌 공장의 굴뚝은 나무의 밝고 시원한 초록색 앞에서 붉은 폭죽 같았고, 짙은 구름이 떠다니는 밝은 보랏빛의 하늘

은 푸른 이정표 같았다. 이 그림은 마음에 들어서, 그대로 놔두기로 했다. 축사 진입로는 유감스러웠다. 강철 같은 하늘 앞의 적갈색은 제대로 표현되어 말을 하고 공명했지만, 겨우 반 정도밖에 그리지 못했다. 햇빛이 종이에 반사되어 눈이 무척 따가웠기 때문이다. 그래서 그는 나중에 시냇물에 얼굴을 한참 동안 씻었다. 다음 그림에는 불쾌한 느낌의 금속성 푸른색 앞에 적갈색이 칠해져 있었는데, 그건 마음에 들었다. 색조나 울림을 눈곱만큼도 왜곡하거나 잘못 표현하지 않았다. 붉은 산화철이 없었더라면, 이렇게 표현하지 못했을 것이다. 여기에, 바로 이 부분에, 비밀이 있었다. 자연의 형식들, 위와 아래, 두꺼운 것과 얇은 것은 바뀔 수 있었다. 자연을 모방하는 모든 고루한 수단도 포기할 수 있었다. 또한 색채들도 변조할 수 있었다. 그야말로 색채를 더 강하게 하거나, 차분히 가라앉히거나, 거칠게 칠하는 등 수백 가지 방식으로 변환할 수 있었다. 그러나 색채로 자연의 일부분을 개작하려고 할 때는, 몇몇 색채들은 자연에서와 똑같이, 한 치의 오차도 없이 정확하게, 서로 같은 관계에서, 같은 긴장 상태로 배치하는 것이 중요했다. 비록 잠시 회색 대신 오렌지색을 칠하고 검은색 대신 빨간색을 칠한다고 하더라도, 여전히 자연에 의존하고 있었고, 이런 점에서 여전히 자연주의자였다.

1919년 여름에 쓴 『클링조어의 마지막 여름』 중에서

여러분은 저의 그림과 문학작품 사이에 아무런 괴리도 존재하지 않

으며, 여기에서도 저는 자연주의적 진리가 아니라 시적 진리를 추구하고 있음을 보게 될 것입니다.

1920년 1월 13일, 바젤에서 열린 수채화 전시회와 관련하여
바젤의 《나치오날 차이퉁》에 기고한 편지 중에서

펜과 붓으로 뭔가를 만들어낸다는 것이 저에겐 포도주와 같습니다. 그것에 취하면 삶이 그만큼 아주 따뜻해져서 너끈히 감당할 수 있게 되니까요.

1920년 12월 21일, 프란츠 카를 긴츠카이에게 보낸 편지 중에서

어느 날 저는 아주 새로운 기쁨을 발견했습니다. 마흔 살의 나이에 갑자기 그림을 그리기 시작한 겁니다. 저는 스스로를 화가로 여긴 적도 없고 화가가 되려고 생각한 적도 없습니다. 하지만 그림 그리기는 놀라울 정도로 멋진 일이며, 사람을 더 쾌활하고 더 참을성 있게 만듭니다. 글을 쓸 때처럼 나중에 손가락이 검게 물들지 않고, 오히려 빨갛고 파랗게 됩니다. 제가 이처럼 그림을 그리는 것을 몹시 못마땅해하는 친구도 많습니다. 그런 점에서 저는 운이 없는 편입니다. 제가 정말로 필요로 하고 행복하다고 느끼는 멋진 일을 시도하면 늘 사람들은 곤혹스러워합니다. 그들은 상대방이 원래대로 머물러 있기를, 상대의 얼굴이 바뀌지 않기를 바랍니다. 하지만 제 얼굴은 그러길 거절하고, 수시로 변하려고 합니다. 제 얼굴은 그런 변화가 필요합니다. 사람들이 저에게 하는 또 다른 비난은 제가

생각하기에도 매우 옳은 것 같습니다. 사람들은 제게 현실에 대한 감각이 없다고들 말합니다. 제가 쓰는 문학작품들뿐만 아니라 제가 그리는 그림들도 현실에는 부합하지 않습니다. 저는 시를 쓸 때마다, 교양 있는 독자들이 제대로 된 책에 대해 갖기 마련인 모든 요구 사항을 자꾸만 잊어버리곤 합니다. 무엇보다 제게는 현실을 존중하는 마음이 실제로 부족합니다. 저는 현실이란 사람들이 가장 염두에 둘 필요가 없는 것이라고 생각합니다. 왜냐하면 현실은 무척 부담스러운 상태로 계속 존재하는 반면에, 더 아름답고 더 필요한 것들이 우리의 주의와 관심을 요구하고 있기 때문입니다. 현실은 그 어떤 상황에서도 만족스럽지 못하며, 그 어떤 상황에서도 숭배하고 섬겨서는 안 됩니다. 왜냐하면 현실은 우연일 뿐이고 삶에 대한 배반이기 때문입니다. 그리고 현실은, 이 초라하고 언제나 실망스럽고 황량하기만 한 현실은, 우리가 현실을 거부하는 것 이외에는, 즉 우리가 현실보다 더 강하다는 사실을 보여주는 것 이외에는 어떤 다른 방법으로도 변화될 수 없습니다. 제 문학작품들에는 현실에 대한 통상적인 존중심이 결여되어 있음을 아쉬워하는 사람들이 때때로 있습니다. 제가 그림을 그리면, 나무들이 얼굴을 갖고 집들이 웃거나 춤을 추기도 하고 울기도 합니다. 하지만 대개는 그 나무가 자작나무인지 밤나무인지조차 구분할 수 없다고들 합니다. 이런 비난을 저는 감수할 수밖에 없습니다. 솔직히 고백하자면, 저 자신의 삶도 제게는 동화처럼 여겨질 때가 아주 많습니다. 종종 저는 외부 세계가 저의 내면과 조화로운 관계를 이루고 있음을 보고 느낍니다. 그런 조화로운 관계를 저는 마법 같다고 할 수밖에 없습니다.

1921년에 쓴 「짧게 쓴 이력서」 중에서

저는 아름다운 자연을 사랑합니다. 이곳의 숲들과 포도밭들과 마을들을 워낙 사랑하기 때문에, 그것들을 계속해서 그릴 수밖에 없고, 그러다 보니 그림에 조금 진척도 있습니다. 하지만 지금까지는 아주 단순한 풍경 모티브들에 머물러 있는데, 그 이상으로 나아가지는 못할 것 같습니다. 대기와 동물들, 움직이는 생명체를 비롯한 다른 모든 것이 얼마나 아름다운지 저도 잘 알고는 있습니다. 심지어 사람들이 세상에서 가장 아름답다는 것도요. 그런 것들에 사로잡히고 당황스러울 때가 가끔 있긴 하지만, 그걸 그림으로 그릴 수는 없습니다.

1922년 7월 4일, 쿠노 아미에트에게 보낸 편지 중에서

몇 년 전부터 저도 스케치를 하고 채색화를 그리는 데 몰두하고 있습니다. 제게 그건 가혹하기 그지없는 시대에 삶을 견뎌내고 문학으로부터 거리를 취하기 위한 출구입니다.

1924년 6월 5일, 롤프 쇼트에게 보낸 편지 중에서

그림 그리기에 몰두한 이후로 몇 년 동안 저는 문학에 점차 거리를 취하게 되었습니다. 이렇게 거리를 유지하는 것은 아무리 높이 평

가해도 지나치지 않을 정도로 제게 귀한데, 그 어떤 다른 방식으로도 이렇게 해내지 못했을 것입니다. 그 밖에 제 그림 자체에 어떤 가치가 있는지 없는지는 거의 고려의 대상이 아닙니다. 산업에서와는 반대로 예술에서는 시간이 아무 역할도 하지 않습니다. 단지 마지막에 어느 정도의 집중도와 완성도에 도달할 가능성만 있다면, 잃어버린 시간은 없는 것입니다. 그림을 그리지 않았다면 저는 시인으로서도 그렇게 성장하지 못했을 겁니다.

1924년 6월 5일, 게오르크 라인하르트에게 보낸 편지 중에서

독자들은 이 말에 웃음을 터뜨릴지 모르겠지만, 우리에게 글쓰기는 손바닥만 한 작은 배를 타고 먼바다를 항해하거나 우주를 홀로 비행하는 것만큼이나 우리를 흥분시키는 멋진 일이다. 적절한 단어 하나하나를 찾아내고, 가능한 표현 세 가지 중에서 하나를 선택하면서, 동시에 자신이 짓고 있는 문장 전체를 감정과 귀에 간직하고 있는 것. 문장을 다듬고, 자신이 선택한 구성 방식을 실현하고, 구조물의 나사를 조이면서, 동시에 장 전체 혹은 책 전체의 어조와 균형을 신비로운 방식으로 부단히 감정 속에 떠올리고 있는 것. 이런 게 바로 매우 흥분되는 활동이다. 나는 경험상 오로지 그림 그리는 활동을 할 때만 이와 유사한 긴장감과 몰입감을 느낀다. 유사한 정도가 아니라 아주 똑같다. 각각의 색깔을 이웃한 색깔과 적절하고 세심하게 색조를 맞추는 것은 아름다운 일이다. 그리고 쉬워서 얼마든지 배울 수

있고, 그런 다음 언제든지 마음대로 실제로 해볼 수 있다. 하지만 더 나아가서 그림의 모든 부분을, 심지어 아직 그리지 않아서 볼 수 없는 부분까지도 정말로 눈앞에 불러내고 함께 고려하는 것과 복잡하게 상호작용하며 만들어내는 아주 촘촘한 그물망을 지각하는 것은 놀랍도록 어려운 일이고, 성공하는 경우도 아주 드물다.

1924년에 쓴 『요양객』 중에서

제가 소소하게 그림이란 걸 그린다면, 그것은 당신의 말처럼 "그럴 수 있는 능력이 있다."가 아니라, "그래도 된다."라는 차원의 일인데, 그렇게 색채와 더불어 유희하고 자연에 대한 찬가를 불러도 된다는 것은 아마 커다란 행복일 겁니다. 다만 저는 행복이라는 말을 즐겨 사용하지 않습니다. 왜냐하면 제 삶은 너무 드러나 있고 평범한 삶에서 동떨어져 있어서 행복을 위한 자리가 없기 때문입니다. 제 인생에서 가장 어려웠던 시기에 처음으로 시도한 그림 그리기가 저를 위로해주고 구원해주지 않았다면, 제 삶은 이미 오래전에 끝났을 겁니다.

1925년 9월 12일, 이나 자이델에게 보낸 편지 중에서

며칠 전에 내가 베를린 예술원의 회원으로 선출되었는데, 유감스럽게도 회화 부문이 아니라 문학 부문이었어. 그런데 나는 선출을 받아들일 수가 없었단다. 나는 더 이상 독일인이 아니기 때문이야. 베

를린에서 온 그 편지에는 예술원 원장인 노화가 막스 리버만(Max Liebermann)의 서명이 있더구나.

1926년 11월 5일, 아들 브루노에게 보낸 편지 중에서

네가 나와 함께 테신에서 그림을 그린다면, 그것도 우리 둘이 똑같은 모티브로 그림을 그린다면, 우리 각자는 한 조각의 풍경보다는 오히려 자연에 대한 각자의 사랑을 그리게 되겠지. 그리고 똑같은 모티브에서 서로 다른 무엇, 유일무이한 뭔가를 만들어낼 거야. 그리고 심지어 우리가 때때로 슬픔과 불만의 감정 외에는 다른 어떤 것도 느끼지 못하고 말할 수 없을지라도, 우리의 그림은 나름의 가치를 갖는단다.

가장 슬픈 절망의 시, 가령 니콜라우스 레나우(Nikolaus Lenau)*의 시조차 절망만이 아닌 나름의 어떤 달콤한 핵심을 지니고 있거든. 그리고 미술계에서 감각이 둔하다거나 야만인으로 여겨졌던 화가들이 후에 고귀한 투사임이 입증된 경우가 얼마나 많았는지 모른단다. 그래서 그들의 작품들은 후대에 고전주의 능력자들의 가장 위대한 작품들보다 더 위로가 되고 더 마음 깊은 곳에서 우러나오는 사랑을 받게 된 적도 많아.

사랑하는 아들아, 우리 둘, 너와 나 역시 이 세상만큼 오래된 어떤 작품을 함께 다루고 있는 사람들이야. 우리는 신께서 우리 각자에게 뜻하신 바가 있다는 걸 믿어야 해. 그리고 그런 믿음을 가져도

---

* 헝가리 출신의 독일 시인으로 주로 염세적인 작품을 썼다.

좋단다. 그게 뭔지 우리 자신은 전혀 깨닫지 못하지만 아주 가끔은 예감할 수도 있어.

1928년 1월 7일, 아들 브루노에게 보낸 편지 중에서

내가 근본적으로 매우 근면한 사람이 아니라면 어떻게 무위도식에 대한 찬가들과 이론들을 지어낼 생각을 했겠소? 타고난 천재적 무위도식자들이라면 알다시피 그런 생각조차 절대 하지 않지요.

요즘, 그러니까 그저께부터, 나는 다시 책상에 앉아 시화집을 만들고 있소. 당신도 알다시피 이건 내가 늘 가장 좋아하는 일이잖소. 하루의 절반을 그렇게 아름답고 몽상적이고 놀이 같은 일들을 하며 보내는 것이오. 그렇지만 세상에는 사람들이 생각하는 것만큼 그렇게 부유한 사람들이 많지는 않소. 요즘엔 굶주림에 시달리는 사람들조차 말쑥한 차림으로 다니기 때문에, 상업 고문관들로 오인할 정도잖소. 1년에 네댓 번 양복을 맞춰 입는 수천 명 중에서 진짜로 아주 부유해서 아름답고 남다른 것을 마음껏 누릴 수 있는 사람들은 대여섯 명밖에 되지 않는다오. 그런 사람들은 잡지를 몇 개씩 구독하고 앵무새나 관상용 물고기를 몇 마리 키울 뿐 아니라, 시인이 직접 시를 쓰고 손수 그림을 그린 시화집 같은 것을 주문하기도 하지요. 아니요, 그런 생각을 하는 사람은 매우 드물다오. 대부분의 부자는 그런 생각 자체를 아예 하지도 않소.

그런데 또다시 한 사람이 찾아온 거요. 대단히 호감이 가는 신사였는데, 내 수제 시집과 그림들에 대한 이야기를 들었다면서 내가 직접 쓴 열두 편의 시를 채색화로 꾸민 시화집을 주문했소. 그러니까 이제 며칠 동안은 내가 무위도식하는 사람이 아니라, 피고용인이자 의뢰를 받은 존경받는 사람인 셈이고, 나도 그렇게 느끼고 있다오. 내가 이런 자긍심으로 채워져 있지 않았더라면, 이런 주문을 받았다고 기쁘지 않았다면, 당연히 요 며칠 동안의 다른 기분 좋은 일들도 체험하지 못했을 거요. 그런 일들은 언제나 주머니 속에 자석을 가지고 있는 사람에게만 찾아오는 거라오. 그렇지 않았다면, 나는 아프리카에서 온 파란 아스트릴드(Astrild)*가 말하는 것도 듣지 못했을 거고, 오늘 저녁에 친구 안드레(Andreä)가 내림 사단조 교향악을 연주해주지도 않았을 거요.

그래서 나는 어제와 마찬가지로 오늘도 몇 시간째 당신도 익히 잘 아는 그 책상 앞에 앉아 있는 거라오. 조그마한 수채화 팔레트와 물 한 잔을 가져다 놓고, 내 서류철에서 오늘따라 가장 마음에 드는 시들을 고르고, 각각의 시에 알맞은 작은 그림을 그리고 있소. 오늘은 테신의 풍경을 벌써 두 점이나 그렸는데, 하나는 봄철에 잎이 앙상한 나무 한 그루와 새탑(Vogelturm)**이 있는 풍경

---

*   열대 및 남부 아프리카에 서식하는 작고 밝은색을 가진 핀치새로, 아름다운 노랫소리로 유명하다.
**   틈이 좁아 한번 들어오면 나갈 수 없도록 설계된 창문에 새들이 들어오도록 유인한 후 총으로 사냥하는 용도로 지은 탑이다.

화고, 다른 하나는 몬테 산 조르조 산(Monte San Giorgio)*을 배경으로 한 그림이라오. 그리고 지금은 종이 한 장을 새로 갖다 놓았는데, 거기엔 화환을 그릴 생각이오. 내 팔레트에 있는 색을 모두 사용하긴 하겠지만, 파란색이 주를 이룰 거요. 꽃들은 전에 봤던 기억을 떠올려서 그릴 때도 있고, 때로는 내 마음대로 상상해서 그리기도 한다오. 그런데 몇 년 전에 한 번은 내가 상상하는 꽃을 그렸는데, 알고 보니 그 꽃이 실제로 있더군요. 그건 그 당시에 내가 사랑하던 여인(당신이라는 달처럼 신비로운 존재가 아직 내 앞에 등장하기 전의 일이라오)을 위해 그렸던 건데, 아주 예쁘면서 독특한 매력을 지닌 꽃을 상상해내느라 내 딴엔 아주 애를 썼다오. 그런데 며칠 후 어느 꽃 가게에서 똑같은 꽃을 발견했지 뭐요. 그 꽃의 이름은 글록시니아였소. 다소 품위 있고 정말 글록시니아스러운 이름이었는데, 하여간 그거야말로 내가 생각해냈던 바로 그 꽃이었다오.

1928년 4월, 아내 니논에게 보낸 편지 중에서

당신의 인사에 대한 응답으로 얼마 전에 제가 도화지에 그린 작은 그림 한 점을 보냅니다(스케치하고 채색화를 그리는 것은 제게 일종의 휴식입니다). 자연의 순수함은, 몇몇 색채의 파동만으로도, 아무리 힘들고 문제가 많은 삶의 한가운데에서도 시시각각으로 우리의 내면에

---

* 루가노 호수 남쪽에 있는 피라미드 모양의 산으로 유네스코 세계유산으로 등재되어 있다.

서 믿음과 자유를 만들어낼 수 있다는 것을 이 그림이 당신에게 말해줄 겁니다.

1930년 7월 21일, 어느 여대생에게 보낸 편지 중에서

요 며칠 찌는 듯한 더위에도 나는 바깥에서 시간을 많이 보내고 있다. 이 아름다움이 얼마나 무상한 것인지, 얼마나 빨리 작별을 고하는지, 이 아름다움이 달콤하게 성숙했다가도 얼마나 갑작스레 시들고 죽어버릴 수 있는지 나는 너무나도 잘 알고 있다. 그리고 늦여름의 이 아름다움에 대해 나는 얼마나 욕심이 나고 탐이 나는지 모르겠다! 나는 이 여름의 충만함이 내 감각에 제공하는 모든 것을 단지 보고 느끼고 냄새 맡고 맛보기만 하고 싶진 않다. 나는 돌연한 소유욕에 사로잡혀서 그 모든 것을 남김없이 보존해서, 다가올 나날들, 다가올 겨울, 다가올 세월, 그리고 내가 늙을 때까지도 함께하고 싶다. 나는 이토록 열렬히 소유욕을 느낀 적이 없으며, 평소엔 쉽게 포기하고 쉽게 버린다. 하지만 지금은 붙잡고 싶은 욕구에 전전긍긍하고 있는데, 이따금 이런 나 자신에 웃음을 머금을 수밖에 없다. 나는 정원이나 테라스에, 또는 풍향계 아래 작은 탑 위에 날마다 몇 시간씩 죽치고 앉아 있다가, 갑자기 엄청 부지런을 떨곤 한다. 피었다가 사라지는 이런저런 풍성한 것들을 연필과 펜, 붓과 물감을 사용해서 곁에 가져다 놓으려는 것이다. 정원 계단에 드리워진 아침 햇살의 그림자와 굵직한 등나무 덩굴이 구불구불 감아 올라가는 모습을 공들여 스케치하기도 하고, 저녁 무렵 멀리 빛

나는 산의 색깔, 입김처럼 희미하지만 보석처럼 반짝이는 그 색깔을 흉내 내기도 한다. 그러고는 지쳐서, 몹시 지쳐서 집으로 돌아온다. 저녁에는 내가 그린 그림들을 화첩에 꽂으면서 그중에서 가치를 인식하고 보관할 만한 것이 얼마나 적은지 깨닫고는 슬픔에 가까운 기분을 느낀다.

1930년 9월 4일, 《베를리너 타게블라트》에 실린 「여름과 가을 사이」 중에서

4월의 밤에 알게 된 것

 오, 색채가 있구나
파랑, 노랑, 하양, 빨강, 초록!

오, 소리가 있구나
소프라노, 베이스, 호른, 오보에!

오, 언어가 있구나
어휘, 시구, 운율,
부드러운 울림,
문장의 행진과 춤!

그것들로 유희한 자,
그것들의 마법을 맛본 자,
그에게 세상이 피어나리니,
그에게 세상이 미소 짓고

그에게 내보이리라
자신의 속마음을, 자신의 뜻을.

그대가 사랑했고 추구했던 것,
그대가 꿈꿨고 체험했던 것,
그것이 기쁨이었는지 괴로움이었는지,
그대는 여전히 확신하는가?
올림 사와 내림 가, 내림 마 혹은 올림 라―
이것들을 귀로 분간할 수 있는가?

후기

헤세는 여든 살이 되던 해에 리버풀의 한 독자에게 이렇게 썼다. "제게 있어서 인간이 행할 수 있는 가장 아름다운 일 두 가지는 음악 연주와 그림 그리기입니다. 저는 이 두 가지 모두 단지 아마추어 수준으로밖에는 할 수 없지만, 이것들은 삶을 지속시키는 어려운 과제를 해내는 데에 아주 큰 도움이 되었습니다." 헤세는 이미 열한 살 때 바이올린을 배웠고, 마울브론 학생 오케스트라 단원으로도 활동했으며, 그 후로 약 8년간 연주를 계속했지만, 나중에는 바이올린 연주는 아주 가끔씩만 하게 되었다. 그런데 음악 연주와는 반대로, 그림은 약 30년 후에야 비로소 완전히 독학으로 익히기 시작했다. 그가 처음 체계적으로 그림을 그리기 시작한 것은 겉으로 보기엔 가장 불가능해 보이는 시점, 말하자면 제1차 세계대전이 한창이던 때로, 무척이나 불안하고 위험하던 시기였다.

1912년부터 베른에서 지내던 헤세는 대대적인 민족 말살이 시작되는 것을 목도하고 1914년부터 중립국인 스위스에서 30여 편의 정치적 기사와 호소문을 게재하며 언론을 통해 전쟁의 망상과 맞서 싸우기 시작했으며, 곧이어 전쟁 포로 구호를 위한 단체를 결성하여 행동으로 실천하게 되었다. 그러다가 인생에서 처음으로 정치적 논박의 십자포화 속에 놓이게 되었고, "조국을 헐뜯는 자", "징집 기피자", "조국 없는 놈"이라고 비난받게 되자, 헤세는 마음에 깊은 상처를 입고 극심한 고통을 겪었다. 그로 인해 처음엔 헤세가 정신과 치료를 받게 되었고, 나중에는 그의 부인까지도 장기적으로 정신과 치료를 받을 수밖에 없는 상태가 되었다. 그런데 바로 이 시점에, 즉 전쟁이 한창이어서 외적인 파괴와 내적인 파괴가 정점에 이르렀던 시기에, 헤세는 산산조각으로 파괴된 정신을 건설적으로 집중하고자 그림을 그리기 시작한다. 그래서 그는 그 당시에 이렇게 쓰고 있다. "어떤 식물이 꺾이고 훼손되거나 말라가게 되면, 얼른 씨앗을 만들어내려고 합니다... 저 역시 제 삶의 신경이 끊어졌다는 것을 감지했을 때, 또다시 저의 일로 돌아갔습니다. 펜과 붓으로 뭔가를 만들어낸다는 것이 저에겐 포도주와 같습니다. 그것에 취하면 삶이 그만큼 아주 따뜻해져서 너끈히 감당할 수 있게 되니까요."

1916년부터 1917년까지 헤세가 얼마나 막대한 노력을 기울여 끈기 있게 연습해 숙련된 그림 솜씨를 익히게 되었는지는 남아 있는 자료들에 잘 드러나 있다. 그의 유물 중에 전쟁 포로들을 위한 크리스마스 엽서로 쓰고 남은 것들이 잔뜩 담긴 상자들이 있는데, 이 엽서들의 뒷면에 그가 구도 잡기, 원근법, 색채 대비 기법 등을 연습한 흔적들이 남아 있다. 수백 장이나 되는 서툰 솜씨의 이 엽서 그림들은 그가 언어로는 당연히 아주 훌륭하게 표현해낼 수 있을 만한 것을 그림으로도 마침내 거의 비슷한 수준으로 표현해낼 수 있을 때까지 얼마나 오래 노력하며 그 길을 나아갔는지를 보여주는 감동적인 증거들이다. 가장 초기에 그려진 이 그림들의 모티브는 베른과 로카르노의 건축술과 풍경이 주를 이루는데, 세세한 부분까지 정성스럽게 칠해져 있고 희미한 흙빛의 템페라(Tempera)* 톤으로 채색되어 있다. 이 습작품들을 보고 있노라면, 헤세가 어떻게 겨우 3년 만에 그토록 탁월한 변화를 이룰 수 있었는지 의아할 정도다. 자연주의적이고 과도하게 조심스럽고 섬세한 묘사로부터 표현주의에 가까운 강렬한 색채로 자의식을 표현하게 된 것이다.

헤세는 자신의 그림과 문학이 서로 필연적으로 얼마나 밀접한 관계가 있는지 계속 강조한다. 그런데 여기에서도 같은 이야기를 하고자 한다. 그의 초기 그림들은 그가 전쟁 전에 쓴 소설 『로스할데(Roßhalde)』에 나오는 화가 페라구트(Veraguth)의 이야기 전개 방식이 연상될 정도로 자연주의적으로 그려져 있다. 부수적인 세부 사항들조차도 조심스럽게 정밀하고 정확하게 표현되어 있는 것이다. 하지만 그 후에 큰 전환점이 온다. 제1차 세계대전의 위기를 겪으며, 모든 것이 새로이 양극화되는 극단적인 힘의 장이 생겨난 것이다. 세부 묘사에 치중하던 경향이 대담한 요약과 특유의 추상에 길을 내어주게 된다. 사실주의적으로 섬세한 차이를 모두 표현하며 소심하게 섞어서 흐리게 채색하던 방법으로부터 벗어나 낙관주의적으로 삶을 즐기며

---

* 달걀노른자를 결합제로 사용한 그림물감 및 그것을 사용한 회화 기법이다. 빠르게 건조되는 특성이 있어서 섬세하고 세밀한 작업에 적합하다.

자의식이 충만한 상태를 강령적으로 표현하게 되는데, 이것은 헤세가 1919년에 발표한 소설『클링조어의 마지막 여름(*Klingsors Letzter Sommer*)』에 등장하는 화가의 그림을 연상하게 한다. 그것은 젊은 세대의 선명한 팔레트를 잘 보여주고 있다. 즉 퇴폐적인 후기 인상주의와 빌헬름 시대 독일의 보수적 자연주의에 대한 젊은 세대의 반란으로, 『클링조어의 마지막 여름』에 그들의 삶의 기쁨과 열광적인 새로운 시작이 반영되어 있으며, 그들에 대한 문학적 심리 분석도 아주 잘 되어 있다.

거기에서 헤세는 자신의 작업 기법에 관해 다음과 같이 쓰고 있다. "자연의 형식들, 위와 아래, 두꺼운 것과 얇은 것은 바뀔 수 있었다. 자연을 모방하는 모든 고루한 수단도 포기할 수 있었다. 또한 색채들도 변조할 수 있었다. 그야말로 색채를 더 강하게 하거나, 차분히 가라앉히거나, 거칠게 칠하는 등 수백 가지 방식으로 변환할 수 있었다. 그러나 색채로 자연의 일부분을 개작하려고 할 때는, 몇몇 색채들은 자연에서와 똑같이, 한 치의 오차도 없이 정확하게, 서로 같은 관계에서, 같은 긴장 상태로 배치하는 것이 중요했다. 비록 잠시 회색 대신 오렌지색을 칠하고 검은색 대신 빨간색을 칠한다고 하더라도, 여전히 자연에 의존하고 있었고, 이런 점에서 여전히 자연주의자였다."

헤세가 이 소설의 주요 인물들 중의 하나인 '매정한 사내 루이스'의 모델로 삼은 것은 동료 화가인 루이 무아예(Louis Moilliet)다. 스위스 사람인 무아예는 파울 클레(Paul Klee)*, 바실리 칸딘스키(Wassily

---

* 표현주의, 입체파, 초현실주의 등 여러 다양한 예술 형태의 영향을 받은 독일 출신의 스위스 화가다.

귄터 뵈머의 펜화

Kandinsky)[*], 아우구스트 마케(August Macke)^{**}와 동료 사이로, 마케에게 튀니지 여행을 함께 가자고 제안했는데, 이 여행이 예술사에 큰 영향을 끼치게 되었다. 무아예와 마케의 그림들과 색채 감각은 (언젠가 미술 사적으로 명확하게 분류하고 비교해야겠지만) 헤세 자신의 그림이 지향하는 바에 가장 직접적인 영향을 주었다. 이것은 무엇보다 헤세가 1920년대 에 그린 수채화에서 뚜렷하게 드러나며, 헤세가 노년기에 쓴 편지에서 도 다음과 같이 밝히고 있다. "아우구스트 마케의 수채화들은 나에게 언제나 수채화의 진수였다... 나는 마케 그림의 복사본들을 거의 다 가지고 있다. 그는 무아예와 더불어 내가 가장 좋아하는 수채화가다." 하지만 헤세는 무아예를 통해서 친분을 맺은 화가 집단인 '청기사파' ^{***} 뿐만 아니라, 표현주의 화풍의 또 다른 지침이 되었던 화가 집단 인 '다리파'^{****}와도 교분이 있었다.

스위스의 또 다른 중요한 표현주의 화가인 쿠노 아미에트(Cuno Amiet)^{*****}도 다리파 화가들과 교류하였으며, 헤르만 헤세와 가까운

meine neugepflanzte Hecke   m. Steiner

친구로 지냈다. 헤세가 첫 결혼에 실패하고 그의 부인인 미아(Mia)가 1925년까지 몇몇 정신과 병원에 격리된 상태로 지내게 된 후에, 아미에트는 헤세의 맏아들 브루노에게 스승이자 아버지나 다름없는 존재가 되어주었다.

헤르만 헤세가 친분을 맺고 가까이 지낸 무리를 살펴보면, 헤세가 직접 행하지 않는 예술 장르의 대표자들과의 교류가 많은 것으로 보아, 그들과의 교류가 동료 작가들과의 교류보다 훨씬 더 매력 있었음이 틀림없어 보인다. 헤세 자신이 직접 그림을 그리기 시작하기 오래 전부터 이미 음악가들이나 작곡가들 외에 특히 수많은 화가와도 친분을 맺고 있었다. 그렇다고 이 화가 친구들의 그림 그리는 양식이 헤세의 그림에 직접적인 영향을 미쳤다는 것을 입증하려 든다면, 경솔하기 짝이 없는 태도일 것이다. 헤세는 보수적인 전통 화법의 대표자들인 에른스트 뷔르텐베르거(Ernst Würtenberger), 알베르트 벨티(Albert Welti), 한스 슈투르체네거(Hans Sturzenegger), 또는 에른스트 크라이돌프(Ernst Kreidolf)에게서 그림을 "배운 적이 없으며", 올라프 굴브란손(Olaf Gulbransson)이나 표현주의 화가인 카를 호퍼(Karl Hofer), 쿠노 아미에트, 루이 무아예, 한스 푸르만(Hans Purrmann)에게서도 "배운 적이 없고", 하물며 알프레트 쿠빈(Alfred Kubin), 귄터 뵈머(Gunter Böhmer)*나 에른스트 모르겐탈러(Ernst Morgenthaler)에게서도 "배운 적이 없음"은 말할 것도 없다. 오히려 헤세는 자기 나름의 특색 있는 기법을 독자적으로

---

* 드레스덴 출신의 젊은 화가로 헤세의 문학작품에 매료되어 몬타놀라로 갔다가 아예 그곳에 정착하여 헤세를 비롯한 당대의 작가와 작품들에 대한 그림을 그렸다. 헤세의 여러 모습을 드로잉 작품으로 남겼으며, 『데미안』과 『황야의 이리』에 삽화를 그렸다.

짧은 시간 안에 발전시켰는데, 기껏해야 표현주의와의 유사점 정도는 찾을 수 있을 것이다. 헤세가 자신에 대해 고백하듯 이렇게 진술한 적이 있었다. "제 인생에서 가장 어려웠던 시기에 처음으로 시도한 그림 그리기가 저를 위로해주고 구원해주지 않았다면, 제 삶은 이미 오래전에 끝났을 겁니다."(1925년 9월 12일, 이나 자이델에게 보낸 편지 중에서) 이 말은 바로 헤세가 실존적인 필연성에서 그림을 그리기 시작했다는 것을 보여준다. 그리고 이 고백을 통해 그가 그림을 그리게끔 하는 추진력은 취미로 그리는 화가나 아마추어 화가의 추진 동기와는 확연히 구분됨을 알 수 있다. 그럼에도 불구하고 헤세는 특유의 절제되고 겸손한 태도로 자신을 계속해서 그렇게 아마추어라고 칭했다.

헤세의 그림에서 독자적이고 분명한 사실은 그의 그림들에 나타나는 추상성, 색채성, 음악성이 그의 서정시와 산문에 있는 동일한 요소들과 긴밀하게 상호작용하고 있다는 점이다. 1920년 1월에 바젤 미술관에서 개최된 그의 첫 번째 수채화 전시회에 즈음하여 그는 다음과 같이 쓰고 있다. "여러분은 저의 그림과 문학작품 사이에 아무런 괴리도 존재하지 않으며, 여기에서도 저는 자연주의적 진리가 아니라 시적 진리를 추구하고 있음을 보게 될 것입니다." 헤세는 자신의 문학작품들과 그림들에서 현실의 모사가 아니라 현실의 상징을 보여주고자 했다. 목표에 사로잡혀서 불신으로 점철된 채 분열된 세계 한가운데에서 그는 긍정적 개선안인 대안적 유토피아를 구상한다. 그의 시 「화가의 기쁨」은 다음과 같은 구절로 끝맺고 있다. "정신이 지배하며 만병을 치유하니, / 갓 태어난 샘에선 초록이 울려 나오고, / 세계가 새로이 의미 있게 배치되니 / 마음속이 즐겁고 밝아지네." 헤세는 시각 중심적 인간이다. 그의 지각이 아주 민감한 덕택에 그의 작품 속 자연에 대한 묘사를 읽다 보면 마치 눈앞에 펼쳐지는 듯 느끼게 된다. 그래서 그의 글을 읽을 때면 종종 "우리의 심장이 뜨거워지기도 하고 식기도 하며 마음이 지치고 힘들어지기도 하는데"(쿠르트 투홀스키)*, 헤세의 이런 민감한 지각은 그의 그림에도 좋은 영향을 미쳤다. 어디를 가든지 헤세는 "반드시 그릴 수밖에 없는 모습들"을 마주친다. "색채들이 자아내는 음악, 색조의 유희, 밝기와 음영의 단계가 단 한순간도 같지 않기 때문이다." "몇 킬로미터 떨어져 있는 마을의 창문을 셀 수 있을 정도일 때" 그는 푄 현상의 효과도 활용한다. 그리고 그가 사는 마을의 상자 같은 집들이 정오에 내리비치는 햇살에 잠겨서, 색채들이 정말 "환호하며, 서로 자극하며 고조될 때" 그는 그 순간을 포착한다. 헤세는 자신의 제2의 고향인 테신의 호숫가 계곡들, 산비탈의 포도밭들, 마을들, 정원들과 나무기와를 얹은 지붕들에 어느 다른 계절보다 늦여름의 태양이 신비롭게 내리비치는 빛의 힘을 사랑한다. 이상적인 조화를 이루는 이런 찰나의 순간들을 그는 사냥꾼 같은 긴장과 끈기를 가지고 찾아내서 포착하여 묘사하려고 한다. 그의 작품에 등장하는 화가 '클링조어'처럼 죽은 후에 덧없이 잊히지 않도록 언어와 색채로 가능한 한 많은 작품을 구현해내는 것을 목표로 삼았기 때문이다.

물론 헤세의 언어적 표현 가능성은 그의 회화적 표현 가능성보다 훨

---

* 　독일 언론인이자 풍자 작가다.

씬 더 다각적이고 뉘앙스도 풍부하다(43쪽과 50쪽에 목련이나 백일홍에 대해 묘사한 글을 그가 그림으로 형상화한 것과 비교해보라). 하지만 관심사와 표현력은 여기나 저기나 동일하다. 신뢰와 쾌활함이라는 긍정적 경향이 헤세의 책들에서는 장기간 몇 차례 위기도 겪으며 발전 과정을 거친 후에야 비로소 형성되었고, "불멸의 존재들의 웃음"(『황야의 이리』 중에서)이나 "황금빛 흔적"(『나르치스와 골드문트』 중에서)과 같은 암호들로 표현된 반면에, 그의 수채화에서는 이미 명백하게 드러나 있다.

헤세의 그림들은 태양에너지의 획득을 중요하게 여긴다. 그의 그림들은 질 좋은 포도주처럼 햇살을 농축해서 승화시킨다. 그의 그림들은 빛과 온기와 햇빛의 집적 장치여서, 많은 사람이 북적북적 모여 살면서도 서로에게 냉정하고 불평으로 뒤덮여 있고 문제가 많은 우리의 삶에 여름과 희망과 삶의 기쁨에 대한 예감을 되비쳐준다. 색채와 신뢰의 꽃다발인 셈이다. 헤세 역시 자신이 그림을 그리는 시도를 그렇게 이해하려고 했다. 헤세는 그의 책을 읽은 독자들로부터 상담을 구하는 수천 통의 편지를 받았는데, 그중 한 통의 편지에 대한 그의 답장에 그 점이 잘 드러나 있다. 1930년 7월에 그는 뒤스부르크의 어느 여대생에게 보낸 편지에서 이렇게 쓰고 있다. "당신의 인사에 대한 응답으로 얼마 전에 제가 도화지에 그린 작은 그림 한 점을 보냅니다(스케치하고 채색화를 그리는 것은 제게 일종의 휴식입니다). 자연의 순수함은, 몇몇 색채의 파동만으로도, 아무리 힘들고 문제가 많은 삶의 한가운데에서도 시시각각으로 우리의 내면에서 믿음과 자유를 만들어낼 수 있다는 것을 이 그림이 당신에게 말해줄 겁니다."

시적 진술과 회화적 진술은 이렇게 친화적이어서 그 두 요소를 서로 접목하는 것이 쉬웠을 것이다. 제1차 세계대전 중에 이미 헤세는 자신의 그림 솜씨가 어느 정도 성숙해지자마자 이런 방향으로 실험을 감행하여 루체른에서의 자신의 심리 치료에 대한 첫 번째 문학적 결과물인 동화 『어려운 길(Der schwere Weg)』에 삽화를 그리고자 했다. 그로부터 1년 후, 독일이 패하자 전쟁 포로 구호 기금을 마련하기가 점점 더 어려워졌다. 그 무렵 헤세는 어떤 친구의 권유로 자필로 쓴 시나 타자기로 쓴 원고에 삽화를 그려 넣은 시화집을 제작하기 시작했다. 이런 시화집을 헤세는 팬들이나 수집가들이나 후원자들에게 팔려고 내놓았으며, 그 수익금으로 전쟁 포로 수용소에 보낼 책과 구호 물품 수천 상자를 마련하기 위한 재정을 뒷받침했다. 이런 수제 시화집은 대개 반으로 접은 종이 13장으로 만들어졌으며, (표지의 모티브를 제외하고) 시 12편과 조그마한 수채화 12점으로 꾸며져 있었다. 헤세는 어느 편지에서 "내가 그림을 그려 넣은 시들의 경우에 그림이 시의 내용을 시사할 정도로 글과 그림 사이에 통일성이 존재하지는 않는다. 단지 작가와 화가가 동일인이기 때문에 글과 그림의 출처가 된 풍경과 작업실이 같다는 것과, 같은 손으로 쓰이고 그려졌기 때문에 같은 특색을 지니고 있다는 공통점이 있을 뿐이다."라고 썼다.

당시에 자필로 쓴 시에 그림을 그려 넣은 시화집은 한 부당 250스위스프랑에 판매되었으며, 타자기로 쓴 시에 그림을 그려 넣은 것은 그것들보다 50프랑이 더 저렴했다. 현재까지 보존되어 있는 판매 장부에는 1918년부터 1921년까지의 기간에 그런 시화집들에 대한 주문 64건

이 기록되어 있다. 헤세는 제1차 세계대전과 인플레이션 기간에 너무 가난해서 생계비의 일부를 그림을 팔아서 조달할 수밖에 없었다. 하지만 그 기간이 지난 후에도 그는 고령이 될 때까지 계속해서 그런 시화집을 제작해 가난한 동료들을 지원했고, 젊은이들이 직업교육과 대학교육을 받을 수 있게 해주었으며, 의미 있고 필요해 보이는 곳이라면 어디든지 도움의 손길을 내밀었다. 하지만 이 정도의 수입으로는 헤세가 날마다 받는 수백 통의 편지들에서 마주치게 되는 곤궁함을 완화시켜주기에는 턱없이 부족했다는 사실이 1928년 4월에 쓴 어느 풍자적인 편지에 잘 드러나 있다. 그 편지에는 이렇게 쓰여 있다. "1년에 네댓 번 양복을 맞춰 입고 자기 자동차를 새로 칠하는 문제로 전문가들과 오랜 기간 상담을 하는 수천 명의 사람 중에서 어느 시인이 손수 만든 시화집을 주문하려는 생각을 할 만큼 정말로 부유한 사람은 대여섯 명도 채 되지 않아요... 페르시아제국 시대나 위대한 무굴제국 시대의 부유하고 권세 있는 사람들은 시인들이 직접 시를 쓰고 그림을 그린 시화집을 수집하는 것 외에는 다른 아무것도 하지 않았어요. 그런데 오늘날의 부자들은 변질되어서, 그런 멋지고 우호적인 생각에 이르는 경우가 드물고, 대다수는 아예 생각이라는 걸 전혀 하지 않아요." 그리고 여든한 살의 나이에도 헤세는 페터 주르캄프(Peter Suhrkamp)*에게 "경제 기적을 이룬 독일에서 다방면으로 조세 도피를 하기 위해 문화적인 것에 돈을 낭비하면서도, 제게 시화집을 주

---

* 1950년에 주르캄프 출판사를 설립한 출판업자다. 주르캄프 출판사는 유대계 사상가들의 책을 앞장서 펴내기도 하고, 헤세를 포함해 독일을 대표하는 작가, 학자, 지성인들의 책을 대거 출간하는 등 전후 독일인들의 황폐한 정신세계를 재건하는 데 앞장섰다.

문하려는 생각을 하는 사람은 거의 없습니다. 이렇게 직접 시를 쓰고 그림을 그린 제 시화집의 존재를 다들 알면서도 말입니다."라고 썼다. 스위스에서는 그런 주문이 매년 적어도 여섯 건 정도는 들어왔지만, 독일에서는 기껏해야 한두 건 정도였다. 1960년대까지는 헤세의 회화 작품들이 생존할 가능성조차 확실치 않았다. 그건 당시 그의 문학작품에 대한 평가와도 당연히 관련이 있었다. 헤세의 시화집들은 오늘날 자필 원고가 거래되는 시장에 나오기만 하면 원가의 10배 이상으로 평가된다. 과거에는 작품을 보는 투자자들의 안목이 부족했고, 문화 산업의 중개상들도 헤세가 사후 르네상스를 맞이할 것이라는 근거를 간파할 수 있는 능력이 없었기 때문이다.

헤세가 자신의 시에 그림을 곁들인 이러한 시화들이나 『픽토르의 변신(Piktors Verwandlungen)』이라는 동화에 곁들인 삽화들뿐만 아니라, 그가 공식적으로 판매하려고 내놓은 적이 한 번도 없었던 더 큰 크기의 많은 수채화(24×29cm)에서, 그리고 특히 그의 편지들 상단에 그려진 셀 수 없이 많은 작은 수채화를 살펴보면, 몇몇 발전 국면들이 확연히 구분된다. 그림 솜씨가 아직은 서툴러서 회화 기법을 좀 더 능숙하게 구사하기 위해 노력했던 초기 단계인 1916년부터 1920년까지의 그런 흔적들은 헤세의 『방랑』에서 볼 수 있다. 그렇게 자신이 직접 삽화를 그려 넣은 책을 출간한 후로 색채가 점점 강렬해지고 도안적인 추상의 측면이 부각되는 단계로 접어들게 되는데, 그런 점이 『화가의 시들(Gedichten des Malers)』(1920년에 한정판으로 출간되어 1000부가 인쇄되었다)에 잘 드러나 있다. 1년 후에 큰 판형으로 인쇄된 『테신에서 온 열한 점의 수채화(*Elf Aquarellen aus dem Tessin*)』에서는 우리는 그의 그림이 장식적이며 동화풍의 환상적인 방향으로 계속 발전하고 있음을 목격하게 된다. 헤세는 "어린아이의 시각으로 본 듯한 이상적 풍경"을 일차원으로 꿈같은 풍경으로 그린 것을 "현상세계에 대한 자유로운 해석"이라고 부른다.

우리의 이 작은 책에 실린 헤세의 수채화들 중 대다수를 사람들은 그의 회화 발전의 바로 다음 단계에 속하는 작품으로 꼽을 것이다. 이 그림들은 다채로운 색을 사용하고 모자이크적 요소를 지닌 실험적 '입체파'나 '점묘파'에 가깝다. 이 그림(원본 크기는 대략 10×15cm)들은 헤세가 1923년에 취리히의 친구들과 자신의 후원자인 앨리스(Alice)와 프리츠 로이톨트(Fritz Leuthold) 부부에게 선물했던 수채화 앨범 「테신의 풍경화들」에서 발췌한 것들이다. 그러나 후기의 작업들도 실려 있다. "작은 것에 몰두해서 나무에 달려 있는 나뭇잎의 수를 셀 수 있을 정도의" 화풍으로 그려진 그림들과 빛나게 채색한 꼼꼼한 펜화들은 1920년대 후반과 1930년대 헤세의 특징적 그림 양식에 속하는 것들이다. 또한 그것들은 그의 작품에 등장하는 선구적 화가 '클링조어'의 그림들과도 비슷하다. 그것들은 '색채의 음악회'이며, 각각의 그림이 "마치 카펫처럼, 온갖 강렬한 다채로움에도 불구하고, 고요하고 고귀한" 느낌을 준다. 헤세의 팔레트의 공격적인 색채는 세밀화용 붓의 상세함에 대한 사랑과 마찬가지로 나이가 들어감에 따라 약해진다. 그는 스케치가 더 이상 그의 "종이들에 어떤 매력도 심어주지 못하며, 오직 색채와의 유희만이 매력을 느끼게 해준다"라고 1962년 5

월 16일 자 어떤 편지에서 쓰고 있다.

그림 그리기는 헤세가 생존하는 데 꼭 필요하긴 했지만, 자신의 회화에 관해서 그가 직접 상세하게 체계적으로 의견을 말한 적은 없었다. 그는 1944년 8월에 쓴 어떤 편지에서, "시인들이나 아마추어들이 자신들은 문외한일 뿐인 그 어떤 예술에 관해서 함부로 의견을 말하는 것은 절대 용납할 수 없다."라고 적고 있다. 그런데도 이 책에 연대기적 순서로 간추려져 있는 여러 작품에 나타난 그의 시각들과 그의 서신들에서 발췌한 부분들에 나타나 있는 그의 진술 내용을 살펴보면, 그림 그리기가 그의 삶에 무척 긍정적인 영향을 미쳤다는 인상을 받게 된다. 그림 그리기는 헤세에게 머리를 지나치게 많이 써야 하는 문학적 일상으로부터 재생시켜주는 거리 두기를 가능하게 해주었다. 언어와 마찬가지로 펜과 붓이 그에겐 "외견상으론 포착할 수 없어 보이는 것인데도 포착할 수 있고, 영원히 미끄러지듯 흘러가버리는 것을 한순간에 엿듣기 위한, 그것을 흥분한 손가락들로 더듬어 만지기 위한, 그것의 광채와 마법으로부터 무언가를 보존하기 위한" 아주 적절한 수단이었다.

폴커 미헬스

헤르만 헤세의 그림여행
색채의 마법

초판 1쇄 인쇄 2025년 2월 25일
초판 1쇄 발행 2025년 3월 1일

글·그림 헤르만 헤세
옮긴이 이은주

펴낸이 김영철
펴낸곳 국민출판사
등록 제6-0515호
주소 서울특별시 마포구 동교로12길 41-13(서교동)
전화 02)322-2434
팩스 02)322-2083
SNS instagram.com/kukmin_book
이메일 kukminpub@hanmail.net

ⓒ 국민출판사, 2025

ISBN 978-89-8165-651-5 (03850)